中日口譯必備工具叢書

日語口譯實況演練

通訳の卵　修業記

何月華✿林雅芬
編著

線上收聽MP3音檔！

鴻儒堂出版社發行

音檔使用方法

音檔內容可以在下列網頁收聽及下載：

https://www.hjtbook.com.tw/book_info.php?id=1515

本書未設定密碼，可直接按進入收聽

作者序

☞ 關於本書

本書緣起：

學過或正在學習日語的讀者們，在各種需要日語溝通的場合，周遭主管、同事、朋友、同學一定會想起您會說日語。如果能夠運用所學，活用日語將會很有成就感，也能令大家刮目相看。但是讀者們是否也曾經歷，明明聽得懂日文的意思，卻不知如何譯成中文？好不容易譯成了中文，但怎麼卡卡的？

最近十幾年來口譯這個行業隨著口譯員在媒體為影視人員進行口譯，增加曝光率，倍受矚目。但是會說日語，就能做好口譯工作嗎？大胃王選手正要挑戰眼前美食時所說的一句「行きます」，譯成「我要去」，這樣合適嗎？口譯和純粹用外語溝通，這兩者都需要具備跨語言能力以及跨文化溝通的能力。

而口譯比起單純外語運用，還需要具備更多技能，例如：流暢的母語和外語表達能力、廣泛的一般常識、需要口譯的專業領域知識、公眾演說技巧、傾聽話語背後含意、分析及記憶談話的內容、運用各類型口譯所需要的技巧再瞬間轉換母語跟外語等各種能力。

見到羅列如此多項能力，各位無需望之卻步。口譯技能是可以透過不斷演練及經驗積累來加以提昇。但問題在於如何讓自己學習日語的經驗，順利與口譯現場實務進行接軌。演練口譯有助於綜合提昇日語之聽解與口說能力。許多N3或N2日語學習者想更有效提昇日語能力。衆多已達最高級N1的日語學習者們，也渴望加強口語表達能力及增進口譯技能。有鑑於這些需求，本書設計宗旨為：提昇日語能力及增進口譯實務演練。

本書特色：

各單元題材及口譯場景之設定，著重於「關聯性」、「反復性」、「趨勢性」等三個關鍵詞（何月華、林雅芬2017）。由於許多日語學習者來自學校或民間外語學習機構，為親近日語學習者經驗，進而引導熟悉口譯現場實務狀況，本書題材包含了學習者可能接觸之相關題材、台日間較常反復出現之口譯場景、未來產業趨勢發展等。同時為加強口譯職業能力導向，每單元設有場景說明、事前準備、單字演練、對話例句等演練，以呈現近似口譯實務之流程。希望藉由跟隨本書演練口譯，提昇日語能力及口譯實務技能，進而增進職場競爭力。

各單元題材及內容如下。由第1單元親近學習者相關體驗，依序發展貼近接觸口譯現場實務。可依序學習，亦可由讀者偏好之單元開始。第3、4、8、9、13單元為正式場合之公衆演說，因此相對使用較多尊敬語、謙讓語、鄭重語等，對於不擅長商務會話之日語學習者而言，可能較具挑戰性。較不熟悉敬語表現的學習者，也可以由偏向非正式場合隨行口譯之其他單元開始學習。但是配合場面使用合適敬語，這是商務人士之基本禮儀，亦是口譯員展現專業之處。

單元	單元名稱	內　　容
1	基本練習	散見於原文中的年號、日期、星期、數量詞等單字快速轉換、容易譯錯句型之演練。
2	課程說明	課程說明及相關要求
3◎	小導遊講座	演講、接機注意事項、導遊領隊帶團對話
4◎	校際交流	司儀詞、歡迎詞、感謝詞
5	網路直播	演講介紹網路直播、化粧順序等。
6	觀光方案競賽	觀光景點介紹。
7	烘焙體驗	操作程序。敬語相對較少。
8◎	微電影大賞	司儀及感言致詞。影片內容介紹較精簡。
9◎	交流論壇	座談會主持、文創產業
10	行程協調	行程之說明、詢問及確認
11	醫療口譯	詢問及回答、操作順序、問診及檢查
12	採訪口譯	詢問及說明、採訪開始話語、結尾、感想、意見、雜談等
13◎	應酬／宴會	宴會、致贈禮物、宴會致詞、司儀
14	簡報口譯	簡報操作、圖表資料之說明
15	面試	自我行銷、想法之表達
16	價格交涉	商務口譯、殺價及價格防衛
17	商展籌備	洽詢、說明及宣傳行銷
18	參觀工廠	介紹機器人、參觀順序

坊間常見的口譯教材多半不分講者，分別列出日文及中文。但口譯現場，除了演講、報告主要一對多單向發表外，拜會、交流、商談、參訪等都是主賓雙方各以中、日文輪流發言，再由口譯員進行口譯。在口譯過程中必須靈活轉換兩種語言，因此，本書原文之中日文編排為依據發言者順序，右側列出譯文，以重新呈現口譯現場的流程及方便查詢譯文。

本書講者每段發言長度大部份為十幾秒，可進行短逐步演練。部份較長敘述及較精鍊接近文章之原文，亦可做為長逐步口譯或視譯演練之用。原文長度3至5分鐘之長逐步口譯，更需著重記筆記及有連貫性地流暢譯出。日語能力較高者，亦可嘗試同步口譯之練習。

本書內容及使用方法：

口譯員在接案後，會先了解會議主題、背景、搜尋相關資料並將不熟悉的專有名詞彙整成中日對照表，以利現場作業。為讓學習者認識口譯，了解如何準備口譯，因此安排了以下練習的項目。

背景說明：針對各單元說明場景，以建構口譯職場概念。

事前準備：每一場口譯都是全新挑戰，事前能否有效準備，會影響口譯之表現。每單元設定口譯場景，模擬議題，希望透過簡短提醒，引導準備的重點及方向。

單字演練：口譯前須事先準備，必須搜尋、彙整不熟悉的單字做成單字對照表，以利現場順利口譯。本書每單元例句前先列出單字表，提醒同學須儲備自己的單字表。透過事前單字詞語快速演練，可讓例句口譯練習更加順暢。

主文例句：針對各單元主題，進行常見對話內容之口譯演練。依據口譯情境的不同，源語可能是全日文或全中文，或是中、日夾雜，訓練靈活轉換雙語。

參考例句：提供配合主題內容的相關例句，以作為衍生性練習。可參考例句自己改寫或編寫口譯情境，以分別扮飾講者與譯者，進行口譯演練。

譯　　文：本書以儘可能譯成適合口語表達的方式列出一個參考用譯文版本，但並非意味著只限該譯文。書中列出的譯文，純粹只是參考，學習者可多思考及試用其他表達方式，以讓口譯技巧更靈活。

建議練習方法：

●參考以下介紹的快速反應（quick response），反復練習單字中日互譯，直到能正確的脫口而出。

●聽例句音檔，練習逐步口譯、視譯或同步口譯。

●聽本書音檔，針對不太熟悉的課文內容進行跟述（shadowing）及重述練習（repeating）。

●延伸學習；學習者可參考例句或單字以角色扮演方式練習。鼓勵大家多在網路上搜尋類似主題的句型或單字，自行編寫演練內容。最好有語音參考，練習時注意重音、語法、語調、語氣的正確性。

目　錄

專欄目錄

關於口譯

☞ 口譯基本概念

顧名思義，口譯是以口語為傳達媒介的翻譯活動。常有人會認為：只要會外語就能做口譯。其實精通外語並具有紮實的母語基礎，只是成為口譯員的基本條件。前聯合國資深翻譯官，JEAN HERBERT就曾說過：要成為拳擊手必須具有左右手，但不是擁有兩隻手的人都能成為拳擊手。口譯領域涵蓋天文地理、醫療科技，無所不包，因此口譯必備的三大元素除了語言基礎，口譯技巧以及豐富的知識更不可或缺。再者，『通訳者は異文化コミュニケーションの達人でなければならない』（口譯員必須是異文化溝通的達人）。因為口譯員服務的是兩個不同文化思維的人，除了表層的語言、知識，隱藏在底層的『非明示語言』更是口譯員成為跨文化橋樑的最大考驗。而要有效的溝通除了對雙方語言文化差異的透徹掌握，現場還需要多發揮觀察力，從對方當下的表情、眼神、聲調、態度來了解話語背後的精神，運用所有可能的資源來輔助理解。

曾有人將口譯員比喻為『兌幣機』，丟進鈔票後馬上就會吐出可用的等值外幣，而如何減少兌換過程中因為語言理解、文化認知所產生的『匯差』，正是學習口譯者必須特別謹慎留意之處。

☞ 口譯形態

逐步口譯（逐次通訳[ちくじつうやく]；consecutive interpreting）：

如上圖示，講者說一段原文以後輪到口譯員譯出譯文，再輪到講者再說第二段原文。也就是講者和口譯員輪流以交錯方式進行的口譯形態。研討會、商務會議、拜會、商展、交流會等常使用逐步口譯。逐步口譯由於聽、說分流，沒有同步口譯時須同時聽原文、說譯文之壓力，不過相對的，過程中需要不斷的記憶、整理、再產出，訊息負擔相當大。

所謂逐步口譯時“講者說一段”的長度，個中差距其大。有的講者說一句就讓口譯員翻，有的講者則是會說完一個篇章才停，乃至有人一開口就是四、五分鐘（輔仁大學跨文化研究所翻譯組（原翻譯學研究所）口譯班的畢業門檻是五分鐘），基本上口譯員必須配合講者的步調，而不能一直要求講者中斷談話，將原文切短以便口譯，更何況不是人人都是專業講者，斷斷續續的說話方式會導致講者思緒受影響。因此整體而言，逐步又可分以下兩類。

長逐步：

每個段落的長度3～5分鐘甚且更長，研討會等講者單向發表常會出現長逐步，而能因應長逐步是成為專業口譯員的基本條件。口譯過程中除了篇章的分析記憶，也需要【口譯筆記】的輔助。

短逐步：

每個段落約幾秒～十幾秒，一般雙方交流、討論等對談式場合，常見短逐步類型。基本上這類工作比較沒有記憶負擔，但有時內容過短，反而會影響口譯員的理解。

同步口譯（同時通訳；simultaneous interpreting）：

如上圖所示，同步口譯就是講者開始發表，口譯員也緊跟在後同時口譯，一般大型國際會議（尤其是多國語言同時並存時）以及電視台等播報突發性重大新聞時會採取同步方式。由於聽說必須同時進行，在源語、譯語不同語言結構下，如何讓訊息接受與產出流暢進行是對於譯者最大的考驗。

同步口譯的另一特色是需要口譯設備。大型會議現場常可看到後方有透明玻璃窗的密閉箱子就是口譯箱/口譯亭（booth；ブース），口譯員在裡頭工作可確保訊息接收清晰，而口譯內容也不會受外部干擾，而會場內的聽眾則是透過口譯接收器，選擇頻道聽取自己熟悉的口譯語言。

再者，除非是特別吃重的內容，一般逐步口譯都是由一名口譯擔任。相對的，同步口譯由於聽說同步進行負荷較重，即便一個鐘頭的會議，一般都由兩名口譯員，大約以15分鐘為單位，輪流進行口譯。

而同步口譯又延伸出以下兩種類型。

接力口譯／轉譯（リレー通訳；relay interpreting）：

當會議場合同時存在三種以上的語言時所採取的口譯形式。例如講者說日文，席上同時有聽中文及英文的來賓時，這是就需要聘請中日、中英兩組口譯員，中日組譯者聽日文/譯中文，透過專業口譯系統，中文同步傳遞給現場的中文聽眾及中英組口譯員，中英口譯員緊跟著聽中文/譯英文，服務現場的英文聽眾，反之亦然。

耳語傳譯（ウィスパーリング通訳、ささやき通訳；whispered interpreting）：

有時現場只有一兩位外賓，預算上無法採取正規的同步口譯模式，或時間受限不容許採取逐步口譯時，就會由口譯員在聽者耳邊以同步方式進行口譯。這時無論是訊息的接受或譯語的傳遞都在開放空間進行，難免受到干擾，口譯品質也會打折扣。近來也有口譯員會自行準備簡易型的導覽器，讓一到多名聽眾可以透過接收器聽取口譯。

☞ 口譯類型

會議口譯：國際研討會、論壇等，採同步口譯的機率高。

隨行口譯：陪同客戶移動，常見工作場合包括參訪、商談、媒體採訪等，多採取逐步口譯方式，必要時搭配耳語口譯。

企業內口譯：上述兩種類型都是由自由譯者擔任。相對的，受僱某特定某單位的專屬口譯也十分常見。依據領域的不同，有些工作內容非常專業，但相較於接案的自由譯者，專屬譯者較容易進入狀況並累積該領域的經驗。

觀光導覽口譯：直接以外語導覽居多，偶爾需要為導覽人員進行口譯，這類工作基本上都採逐步方式。台灣與日本都有針對接待外賓的觀光導覽證照，台灣為「導遊證」，日本則是「觀光案內士」。

電視新聞口譯：日本NHK及英國BBC都有專屬的電視新聞口譯人員，平時以「時差同步」（針對新聞內容事先大致譯稿後再同步播報），當遇到突發新聞時則採同步口譯進行（也常見到NHK會另外安排專業的會議口譯員擔任）。以筆者曾經任職的台灣在地電視台，對於國際新聞都採取編譯，也就是經過重新改寫剪輯後再以一般新聞方式播出，而不是完全依照原內容重現的新聞口譯。

網路視訊會議：相較於筆譯，口譯最大特徵在於「現場性、即時性」，如今隨著國際交流日益熱絡，口譯工作已經未必要親臨「現場」。早就有許多跨國企業採取視訊會議隨時與海外進行交流，或是遠距醫療等，其間都有專業口譯員發揮的舞台。再者，因應國際旅遊盛行，已經有許多網路即時口譯服務問世，即利用智慧型手機或iPad，透過網路連接線上口譯員來提供即時的口譯服務。這主要服務對象是飯店、商家、甚至計程車司機等小型業者，一般而言內容較為簡易也沒有地緣限制，有志口譯工作的同學可作為初步努力的方向。

以上是一般常見的口譯類型，而其中實際涉及的領域都非常廣闊，天文地理、財經科技不一而足。由於台灣口譯市場規模不大，一般自由譯者較難只做專業領域，而須盡可能朝全方位譯者邁進。由企業內口譯→隨行口譯→會議口譯，循序漸進向上挑戰。

而若以領域區分則有以下幾種口譯類型。

主持人口譯：專接會場的雙語主持，並進行簡單的致辭、訪談口譯。

娛樂口譯：專為藝人貼身口譯，或協助有外國藝人參與節目製作。

法庭口譯：或稱司法口譯。由於國際間往來頻繁，因應外籍人士涉及法律訴訟的法庭口譯需求逐漸升高，例如日本大阪大學就設有司法口譯課程。

社區口譯：社區口譯是服務當地居民的一種口譯，由於台灣新住民日益增多，為協助新住民克服生活上的不便，這類口譯形態逐漸受到矚目，包括越語、泰語、印尼語等語言組合更多元。

醫療問診口譯：上述的國際會議、隨行口譯類型話中醫療領域的案件也很常見，但主要是國際醫學會報告或藥品實驗等大小型會議。但此處主要是指服務於醫師與病人間的相關口譯。隨著國際往來頻繁，以微整形或高端健檢為主的醫療觀光之旅、或是因法規不同，必須到他國接受醫療服務的案例日益增加，近來這類培訓課程深受矚目。

☞ 口譯工作前的準備

不論是直接或透過會議公司接案，都須注意以下各流程：

●確認日程、口譯形式，有些客戶會無法明確區分同步、逐步，最好事前確認清楚。即便是1個小時的同步，為確保口譯品質，要說服客戶聘顧兩名口譯員，有時議題非常多的大型論文發表會，一天甚且須要求三名口譯員分擔。

- 確定主題，要求客戶或會議公司提供相關資料，並事先研讀。
- 搜尋相關資料。有時講者會在前一天或當天才提供資料，口譯員必須先行收集資料。熟悉議題內容並製作單字對照表。
- 當天提早抵達會場，請主辦單位安排先和講者見面，確認疑點、也可預先了解講者是否有口音。
- 若是逐步口譯不要忘記攜帶筆記用紙，注意服裝儀容，避免色彩太華麗的服裝。
- 結束後，向主辦單位或會議公司現地聯絡人致意後離開。若是涉及必須守密的會議，注意不得讓資訊外洩。

逐步口譯與同步口譯準備流程大致一樣，只是技巧需求不同。至於同步和逐步，何者比較困難？很難有定論。

一般而言，同步被列為逐步之後的進階課程。確實，要同時兼顧聽與說，這不是人體習慣的現象，必須經過一定的訓練。不過一旦熟悉後，就能專注於譯文的處理，而且基本上現場是由兩人輪流擔任，比較有喘息的機會。而逐步口譯，若是短逐步基本上比較容易入門。但若是長逐步加上高端的知識領域，口譯員聽時必須同時記筆記、分析，譯出時同時要注意用詞是否易懂、邏輯是否清楚等等，加上公開的工作環境下，種種外在因素的影響，要成為優秀的逐步口譯員未必容易。

☞ 口譯基本練習

可分為有助語言提升的練習以及有助口譯技巧的練習。練習時最好能錄下自己的聲音，以檢視問題點。

有助語言提升的練習

■快速反應（quick response）

中—日／日—中 or 日—日

以單字或短句為單位，快速的在中文、日文間轉換，學習外語時，老師常建議要忘記母語，避免以母語思考再轉譯。而口譯練習恰好相反，如何讓兩種語言並存並快速切換是訓練重點。

建議：不僅要快，也要注意台日間不同的表述方式，避免直譯。

■重述練習（repeating）日—日，中—中

可利用既有的音檔教材，或網路上的影音檔案。以句子為單位，聽一段後按PAUSE，再跟著重述同樣的內容，以強化外語的表達。

建議：音檔的速度可依據自己的程度決定，篇幅逐漸由短到長。

■跟述練習（shadowing）日—日，中—中

跟述是一邊聽、一邊跟著說出同樣的內容，有人將這項練習視為導入同步的基礎演練，但近來也有人認為，同步不僅需要聽說同步，重點在於不同語言間的轉換，而跟述是單一語言的練習，因此予以否定。但無論如何，口譯需要流暢表達，而反複跟述則有助於提升外語的流暢度、豐富語彙，並修正外語的音調。

建議：剛開始時最好選用速度較慢、發音清楚正確 的音檔練習。

有助口譯技巧的練習

■理解練習（Reproduction）

截取一段30～60秒的內容，聽完後依據理解將內容表達出來。可用不同的措辭，重點在於能掌握訊息內容。

建議：剛開始可由母語開始，中─中，且避免太難的訊息內容，以便專注於理解。

■摘要練習（Summarize）

準備兩分鐘左右或更長的音檔，練習時不要記筆記，只專注於聽取內容的鋪陳、轉折，之後再摘要式的傳達內容。

建議：剛開始可由母語開始，中─中，且避免太難的訊息內容，以便專注於聽解。

■改口練習（Paraphrase）

聽到一個單字或短句後，以不同表達方式說出同樣的意思，藉此提昇詞彙及語言表達的靈活度。

上位概念←→下位概念

具体化、詳細化←→抽象化、概念化

動詞中心←→名詞中心

■口譯筆記（note taking）

輔助長逐步口譯的技巧。

★口譯筆記的特質（短暫性原則）

常見的筆記有速記以及一般上課筆記。速記必須記錄下所有的內容，記錄者本身不需對內容進行處理。相對的，做上課筆記時則必須邊聽邊消化吸收，記下的內容才有意義，而為了日後考試複習，記錄的內容必須比較詳實。

而口譯筆記的時效性只有3～5分鐘，加上必須立刻【產出】（ouput），因此必須把絕大注意力放在聽講，因此筆記只要有助於分析和提醒即可。

口譯筆記——

★少記原則：

筆記只是為了3～5分鐘後的提醒參考，所以筆記內容必須篩選而盡量簡化。

★視覺化原則：

縱向配置：和一般橫向記錄的筆記方式不同，有助迅速讀取訊息。

階梯式：聽取訊息時須同步分析上下位關係，並記錄下來。

並列式：分析出同位關係的訊息，以並列方式記下

區隔段落：語義段落終結處劃橫線以區隔。

符號和短縮代碼範例

符號：

＋：增加、正面　　－：減少、負面

←　→：移動

↑：成長　　↓：衰退

＄：收入、貿易並列式

∵：因為　　∴：所以

Q／？：提問、問題

A：回答

代碼：

TP：台北　　J：日本　　OL：粉領族

US：美　　H：飯店、醫院

G：女孩、讚美

以上只略舉幾個例子。運用符號或代碼的目的在於減輕口譯筆記的負擔，過多而不熟悉，反而會導致口譯時的注意力分散。

逐步口譯筆記範例

日本の高齢者人口比率が、1970年に7%を超えてから1994年に14%を超えるまで、ただ24年間だったということです。今ただと申しましたのは実は、日本よりもいち早く高齢社会になっていたヨーロッパの国をみますと、この７％から14%になった期間は大体50年から100年ぐらい、フランスなどは、114年を掛けて、ゆっくりゆっくりと高齢化社会の時代を通過して、高齢社会になっています。そのように考えると日本はヨーロッパの高齢先進国に比べた場合、2倍ぐらいのスピードで、フランスなどと比べますと、4倍以上のスピードで高齢化が進んだということでございます。

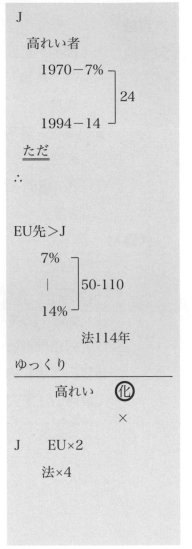

J

高れい者

1970－7% ┐

┘ 24

1994－14

ただ

∴

EU先＞J

7% ┐

｜ 50-110

14% ┘

法114年

ゆっくり

高れい ㊋

×

J EU×2

法×4

單元 1　基本練習
ユニット 1　基本練習

✤✤✤✤

練習目的

口譯與一般外語學習最大差異在於必須隨時在兩種語言間快速轉換，因此快速轉換（quick response）是口譯主要基礎練習之一。本單元透過快速單字反應演練，強化詞彙及短句之瞬間語言轉換能力，並熟悉如何處理在語言形式上沒有明顯呈現的內隱意涵。

クイックレスポンス

	中国語	日本語
1	2014年	二千十四年（にせんじゅうよねん）
2	2020年東京奧運	二千二十年（にせんにじゅうねん）東京オリンピック （第32回 7/24～8/9）
3	1964年	千九百六十四年（せんきゅうひゃくろくじゅうよねん）
4	1945年	昭和二十年（しょうわにじゅうねん）→1945年
5	民國10年／1921年	大正十年（たいしょうじゅうねん）→1921年
6	2016年	平成二十八年（へいせいにじゅうはちねん）
7	2008年雷曼兄弟破產	二千八年（にせんはちねん）リーマンショック

8	2011年311大地震	二千十一年　東日本大震災	にせんじゅういちねん　ひがしにほんだいしんさい
9	1999年921大地震	千九百九十九年　台湾大地震	せんきゅうひゃくきゅうじゅうきゅうねん　たいわんおおじしん
10	前一年	前年	ぜんねん
11	前年	一昨年	おととし
12	四個月	四ヶ月	よんかげつ
13	四月	四月	しがつ
14	九月	九月	くがつ
15	九個月	九ヶ月	きゅうかげつ
16	9月21日	九月　二十一	くがつ　にじゅういち
17	3月11日	三月十一日	さんがつじゅういちにち
18	10月10日	十月　十日	じゅうがつ　とおか
19	星期二、週二	火曜日	かようび
20	星期四、週四	木曜日	もくようび
21	兩天一夜	一泊　二日	いっぱく　ふつか
22	四天三夜	三泊　四日	さんぱく　よっか
23	三千六百日圓	三千六百円	さんぜんろっぴゃくえん
24	八千三百日圓	八千三百円	はっせんさんびゃくえん
25	四兆四億三萬五千日圓	四兆四億三万五千円	よんちょうよんおくさんまんごせんえん
26	公里、公斤	キロ	
		（キロメートル、キログラム）	
27	公分	センチメートル	
28	英吋	インチ	

29	毫升	ミリリットル
30	公克	グラム
31	平方公尺	平方(へいほう)メートル
32	立方公尺	立方(りっぽう)メートル
33	公頃	ヘクタール
34	坪	坪(つぼ)
35	公噸	トン
36	（石油）桶	バレル
37	（石油）加崙	ガロン
38	一人份	一人前(ひとりまえ)／一人前(いちにんまえ)、一人分(ひとりぶん)
39	兩人份	二人前(ににんまえ)、二人分(ににんぶん)
40	一個人	一人(ひとり)
41	一位	お一人様(ひとりさま)
42	兩位	二名様(にめいさま)
43	兩張車票	切符二枚(きっぷにまい)
44	兩台車	車二台(くるまにだい)
45	印尼人	インドネシア人(じん)
46	印度人	インド人(じん)
47	馬來西亞人	マレーシア人(じん)
48	新加坡人	シンガポール人(じん)
49	廈門人	アモイの人(ひと)

短文通訳

	原　文 (01-g01s~01-g24s)	訳文の一例 (01-g01t~01-g24t)
1	よく考えましたね。	你想得真周到！你想的方法真好！【詞語譯法結合情境】
2	アレルギーの関係で、お酒はちょっと……。	我因為過敏，所以不太能夠喝酒……。【未言明的語意】
3	打ち合わせの内容をメモしていただきます。	麻煩你記錄一下討論的內容。【辨識行為者】
4	明日連絡させていただきます。	明天我再跟您聯絡。【辨識行為者】
5	午後もう一度電話をしてほしい。	希望你下午再打一次電話。【辨識行為者】
6	グリーン製品の積極的なご使用にご協力をいただきたい。	希望各位幫忙多使用綠色產品。【辨識行為者。願望表呼籲。】
7	会議の資料をちょっと見せてください。	請讓我看一下會議資料。【辨識行為者】
8	議事録をまとめさせてください。	我來彙整會議紀錄。【辨識行為者】
9	仕事ミスで課長に怒られました。	我因為工作疏失被課長罵了一頓。【辨識行為者】
10	客人一蒞臨，我馬上泡茶。	お客様が来られましたら、すぐお茶を入れます。【尊敬語】

11	昨天我被灌了很多酒。	昨日お酒いっぱい飲まされました。【使役被動】
12	断るわけを言ってみなさい。	你說，為什麼要拒絕呢？【命令】
13	研究開発部の意見がいつも正しいとは限らない。	研究開發部的意見未必總是正確的。【否定】
14	管理層の指示が問題ないというわけではない。	管理階層的指示未必是沒有問題的。【雙重否定】
15	現場の声を無視するわけにはいかない。	我們無法忽略第一線的意見。【語言形式否定但語意肯定】
16	せっかくの機会ですけれども、今回は見送らせていただきます。	雖然這是個難得的機會，但這次就先暫時不要好了。【語言形式肯定但語意否定】
17	我一回公司，馬上撥電話給您。	会社に戻もどり次第、お電話いたします。【正式場面所用接續＋謙讓語】
18	A公司的社長一到，我就通知您。	A社の社長がお見えになりましたら、お呼びいたします。【尊敬語＋謙讓語】
19	我為您轉接營業部的小陳。請稍候。	ただいま営業部の陳におつなぎいたします。少々お待ちください。【謙讓語＋尊敬語】

20	社長がそうおっしゃるなら、こちらも全力(ぜんりょく)を尽(つ)くしていきたいと思います。	社長您這麼說的話，我們也會盡全力努力的。【尊敬語＋地方指示詞轉用人物指示】
21	麻煩你和客人協調一下把商談的時間改在下個月5號。	お客様に打ち合わせの時間(じかん)を来月(らいげつ)の５日に変更していただけるよう調整(ちょうせい)してください。【主詞轉換】
22	弊社(へいしゃ)の商品(しょうひん)の品質(ひんしつ)が非常に優(すぐ)れているとよくお客様にほめられております。	客人常稱讚我們公司的產品品質非常地優良。【主詞轉換＋被動】
23	何かを話すとは聞いていなかったので、ちょっとあれですけど、若干(じゃっかん)述べさせていただきます。	原本沒聽說有安排我致詞，所以我現在會講得不太好，但我就說一些想法。【講者思緒轉換＋主詞轉換＋未言明的語意。】
24	多くのお客様から応援(おうえん)をいただいた以上、弊社(へいしゃ)も一層(いっそう)頑張らないといけません。そこで最先端(さいせんたん)技術(ぎじゅつ)部門(ぶもん)を立(た)ち上(あ)げました。	本公司獲得許多客戶的支持，所以我們也必須更努力，因此才成立了最先進的技術部門。【講者思緒轉換＋主詞轉換】

MEMO

專欄1 ☆

口譯與筆譯的差異

雖然兩者都是語言轉換，而筆譯的特質在於文字呈現，為求字字珠璣常需要反覆推敲。而口譯採口語陳述，如何讓與會者光靠聽力能清楚、易懂，是最大考量重點。同時口譯考驗的是瞬間反應，有時在時間壓力下，措辭表達不得不妥協。因此兩者的技巧截然不同，當然平日多做筆譯有助於深入理解句法、增強表達能力，但實際作業時需清楚區隔兩者的差異。

單元 2　課程說明
ユニット 2　授業オリエンテーション

✤✤✤✤

練習目的

同學學習日文，卻未必熟悉課程相關日文表達方式。本單元設定日籍老師進行課程介紹，藉以銜接學生生活與口譯，並學習說明與指示相關敘述之口譯。

場面説明

上野先生は初級日本語会話1回目の授業で授業内容・規定・評価基準などを説明します。1年生の学生がよく理解できるように、大学三年生の明（めい）さんに通訳を依頼しました。

通訳の事前準備

1．各科目の最初の授業でよく説明される内容・項目を、もう一度振返(ふりかえ)ってみましょう。

2．台湾と日本の大学のシラバスを検索し、実際通訳するときに出てきそうな単語をリストアップしましょう。

基本語句

1	オリエンテーション	新生訓練、課程說明
2	前期（ぜんき）	上學期
3	後期（こうき）	下學期
4	________	教學大綱
5	________	必修
6	________	修學分
7	再履修（さいりしゅう）する	重修
8	時間割（じかんわり）	課表
9	～限（げん）／コマ	第～節
10	________	平常分數
11	中間試験（ちゅうかんしけん）／期末試験（きまつしけん）／小（しょう）テスト	期中考／期末考／小考
12	レポートを書く	寫（書面）報告
13	________	線上聊天／滑手機
14	宛名（あてな）／差出人（さしだしにん）	收件人／寄件人
15	ニックネーム	暱稱

基本文例

	原　文 (02-g01s~02-g17s)	訳文の一例 (02-g01t~02-g17t)
1	皆さん、おはようございます。上野(うえの)と申(もう)します。この授業は通(つう)年(ねん)ですので、これから一年間よろしくお願いします。	各位同學早安！我是上野。這門課是學年課，接下來一整年要請大家多多指教。
2	私は中国語は話せませんので、今日だけ、皆さんの先輩の明(めい)さんに通訳(つうやく)をしていただきます。	我不會講中文，所以今天特別請你們的學長小明來幫忙口譯。
3	今日はこの「日本語会話」1回目の授業なので、オリエンテーションを行います。	今天是這門「日語會話」課第一次上課，我來做一些介紹。
4	授業の目標(もくひょう)、内容(ないよう)、評価基準(ひょうかきじゅん)、各種決まりなどを紹介(しょうかい)します。	會介紹這門課的目標、授課內容、評分標準及相關的規定。
5	みなさんは授業に来る前にウェブサイトでシラバスを確認(かくにん)しましたか。この授業は必修(ひっしゅう)です。	大家來上課之前有先看過網路上的課程大綱了嗎？這一門課是必修科目。
6	前期(ぜんき)と後期(こうき)に分かれています。いずれか不合格(ふごうかく)になった場合、その学期(がっき)の単位(たんい)を再履修(さいりしゅう)しなければなりません。	分為上學期跟下學期，任何一學期不及格，那個學期的學分就必須重修。

7	今学期の授業の目標は学生生活でよく使われる日本語会話を習得（しゅうとく）することです。	這學期的課程目標是學習學生生活中經常會用到的日語會話。
8	例えば、キャンパス生活でよく使われる会話、先生とのやり取り、事務室（じむしつ）での会話、サークル、グループ作業（さぎょう）の発表やレポート、アルバイトなどでの会話を学びます。	例如在校園生活常用會話、和老師之間的交談、在辦公室的對話、在社團、還有團體合作發表與寫報告、打工時的會話等等。
9	教科書は使わず、代わりに私が毎回用意するプリントを使います。	我們沒有用教科書，每次上課會使用我準備的講義。
10	それから成績評価（せいせきひょうか）は中間試験（ちゅうかんしけん）と期末（きまつ）試験がそれぞれ25%、平常点（へいじょうてん）は50%です。	成績評量的部分，期中及期末考各佔25%，平常分數是50%。
11	平常点には出席状況（しゅっせきじょうきょう）、授業への取（と）り組（く）み、宿題（しゅくだい）、発表（はっぴょう）、小テストなどの評価が含まれています。	平常分數包括出席、課堂參與、作業、發表、小考等等。
12	それから、いくつかの注意点を覚えておいてください。日本語会話の授業ですから、日本語で話さなければ、意味はありません。	接下來有幾項注意事項，請大家要注意。這一門課是日語會話，所以如果沒有用日文說話，就沒有意義。

13	分からない単語があれば、簡単な言葉に言い換えて、自分の伝えたい意味をできるだけ話してみてください。電子辞書や携帯電話からネットなどで調べてもかまいません。	所以如果大家有不會的單字，就把它轉換成比較簡單的講法，儘量試著表達自己的意思。也可以查電子辭典或手機上網。
14	ただし、授業とは関係がないチャット、スマホいじりなどはやめてください。３回以上注意された場合、単位を落としますので、注意してください。	但是，請不要進行和這門課不相關的線上聊天、滑手機等等。如果被提醒3次的話，這一門課會不及格，請各位留意。
15	そしてレポートを出す場合、きちんと締め切りを守ってください。電子メールを送ってくるときは必ず宛名、差出人、件名、用件などをはっきりと書いてください。	然後交報告的時候，請確實遵守期限。寄email的時候要確實寫清楚收件人、寄件人、信件主旨還有事由。
16	差出人の名前はニックネームではなく本名を使ってください。日本語学科三年生「日本語会話」クラスの〇〇〇と書いてもらうと、どのクラスのどの学生かがすぐ分かります。	寄件人的姓名要用全名，不要寫暱稱。寫上日文系三年級「日語會話」課某某某，這樣我就能馬上知道是哪一班哪一個學生。

17	ほかに何か分からないこととかありますか。何でも聞いてください。	其他還有沒有不清楚的地方？請大家儘量提問。

補足語句

1	選択（科目）／洗濯	せんたく（かもく）／せんたく	選修／洗衣服
2	履修中止	りしゅうちゅうし	退選
3	履修登録開始／～終了	りしゅうとうろくかいし／～しゅうりょう	開始選課／選課期間結束
4	履修変更願	りしゅうへんこうねがい	特殊加退選單
5	登録調整期間	とうろくちょうせいきかん	特殊加退選期間
6	登録取消	とうろくとりけし	專案退選
7	学科事務室	がっかじむしつ	系辦
8	申込書、申請書	もうしこみしょ、しんせいしょ	申請表
9	担当教師	たんとうきょうし	任課教師
10	署名	しょめい	簽名
11	学年暦	がくねんれき	學校行事曆
12	祝日／休日／連休	しゅくじつ／きゅうじつ／れんきゅう	國定假日／放假日／連假
13	補講／歩行	ほこう／ほこう	補課／步行
14	休暇調整日	きゅうかちょうせいび	彈性放假
15	振替休日／振替授業日	ふりかえきゅうじつ／ふりかえじゅぎょうび	補假／補上課的日子
16	休講／休業	きゅうこう／きゅうぎょう	停課／停班停課

17	成績発表	公布成績
18	追試験	補考
19	学園祭	校慶園遊會
20	卒業式／卒業生	畢業典禮／畢業生
21	入学式／新入生	開學典禮／新生
22	集中講義	集中授課
23	センター入試	統一入學考試（聯考）
24	四技、二技、五専 （異化譯法） 四年制科学技術大学／ 二年制～／高専	四技、二技、五專

參考文例

	原　文 (02-r01s~02-r10s)	訳文の一例 (02-r01t~02-r10t)
1	この授業は日本語プレゼンテーション演習(えんしゅう)の授業ですので、グループによる発表が中心です。クラス全員27名なので、五つのクループに分けると、5人グループが三つ、6人グループが二つになります。	這門課是日語簡報演練課，主要是小組發表。全班有27個同學，分成五組的話，五人一組的有三組，六人一組的有二組。
2	今からグループを組んでください。後でリストを提出してください。平常点はチームワークの点数(てんすう)も含みますから、皆さん最後まで全力(ぜんりょく)を尽(つ)くして助(たす)け合(あ)ってください。	現在請開始找組員。待會兒請交小組名單給我。平常分數也含團隊合作的分數，請各位要全力互相幫忙。
3	それから発表当日、授業が始まる前にパワーポイントを教室のパソコンのデスクトップに入れておいてください。発表した後は、授業中直すようにと言われたところを訂正してから三日以内に電子メールで私に送ってください。私が皆さんの直した最終のPPTを学内の授業システムにアップロードします。	發表當天請在上課前將PPT放進教室的電腦桌面。發表後，請訂正上課時被要求修改的地方，請在三天之內email到老師的信箱。大家改好的最終版的PPT我再上傳到學校的教學平台。

4	中間試験と期末試験の前にそれぞれ小テストを1回ずつ行いたいと思います。一度テストに出た範囲は、中間試験や期末試験などから除外されます。	期中考和期末考前想各舉行一次小考。考過的範圍，期中或期末考不會再考。
5	皆さんの好きな日に小テストを行いますので、テストの時間と範囲を決めたら教えてください。もちろん中間試験と期末試験の範囲もある程度残してください。	小考日期由大家決定，各位決定好小考時間跟範圍後，請跟老師說。當然，也要留一些範圍期中期末考來考。
6	我修了上學期，但是這學期必須重修英文，因為衝堂的關係，沒有辦法修這門課。	前期履修しましたが、後期はこの時間に英語を再履修しなければなりません。英語の時間と重なってしまうので、この授業を履修できなくなってしまいました。
7	非常抱歉，能不能請您讓我退掉下學期的課？如果您同意的話，麻煩您在特殊加退選單上面簽名。	本当に申し訳ないのですが、後期の授業を履修中止にさせていただけませんか。ご承諾いただけるなら、この履修変更願にご署名をお願いします。

8	我去年一年去日本交換留學。這是我的成績單，我可以用「中国語Ｉ」來抵這門課的學分嗎？	去年一年間、日本へ交換留学に行ってきました。向こうの成績証明書です。「中国語I」の単位をこの授業の単位として認定してもらうことはできますか。
9	来週木曜日9月15日は中秋節、十五夜ですね。この日は祝日ですから、休みになります。その翌日の金曜日は、今日の授業「日本語会話」がある日ですが、休暇調整のため休講になります。そうすると来週木曜日からは四連休です。	下週四9月15日是中秋節放假。隔天星期五有這門課「日語會話」，但是因為彈性放假的緣故，所以不用上課。這樣下週四開始可以放四連假。
10	振替授業日(ふりかえじゅぎょうび)はいつごろがいいでしょうか。このクラスの時間割(じかんわり)を一応(いちおう)調べました。水曜日の3、4限(げん)は空(あ)いていますね。ここはどうでしょうか。じゃ、来週水曜日の3、4限と金曜日の今の時間に「日本語会話」の授業をします。教室は同じくこちらです。	什麼時候補課比較好呢？我查過這班的課表了。星期三3、4節你們是空堂吧！這個時段可以嗎？那麼下週三3、4節和週五現在的節次要上「日語會話」哦！教室一樣在這裏。

基本語句（答え合わせ）

4	シラバス	教學大綱
5	必修(ひっしゅう)（科目(かもく)）	必修
6	単位(たんい)を履修(りしゅう)する／取(と)る	修學分
10	平常点(へいじょうてん)	平常分數
13	チャット／スマホいじり	線上聊天／滑手機

專欄2 ☆

口譯員的事前準備

口譯員工作前須盡可能查閱資料，研讀相關背景並彙整單字對照表，並要求主辦單位提供會議資料。許多主辦單位往往不了解資料對口譯員的重要性，一旦講者開始唸稿或引用稿內資料，口譯員若手邊沒有資料，常會措手不及。另外，相關人員的名單、職稱都須事前取得並閱讀，尤其日本名字常有特殊發音，若不慎說錯現場會很尷尬。

單元 3　小導遊講座
ユニット 3　ガイドコーチング

✤✤✤✤

練習目的

近來日本各級學校來台畢業旅行的人次大幅成長，為使兩國學生藉此近距離交流，受旅行社委託的學生小導遊需求也日益增加。這項工作需要用到日語會話，也不時需要協助口譯溝通，因此是磨練實戰經驗的絕佳機會。

場面説明

日台学校交流が盛(さか)んになる中で、最近旅行代理店から学生ガイド（小導遊）の依頼も増えてきました。尖端(せんたん)大学ではベテランの日本語ガイドの藩(はん)さんをお招(まね)きして、旅行ガイドとしてお客様への基本的な対応(たいおう)を学生に指導(しどう)してもらいます。

通訳の事前準備

1．空港でお客様を出迎える前、空港での待ち合わせ、お客様と合流した後などの流れについてシミュレーションしてみましょう。

2．お客様の日程、ツアーの内容、関連施設の利用状況などを確認しておきましょう。

3．観光地の勉強をするほか、ツアー全体をスムーズに実施するための注意点を考えてみましょう。

4．お客様に応対するときの言葉遣い、説明の仕方などを練習しておきましょう。

基本語句

1	空港まで出迎(でむか)える	到機場接機
	空港でのお出迎え	在機場接機
2	飛行機が定刻(ていこく)に____／____／	飛機準時抵達／出發／
	着陸(ちゃくりく)／離陸(りりく)する	降落／起飛
3	フライトが遅れた／ディレイした	航班延誤
4	第一(だいいち)／第二(だいに)ターミナル	第一／第二航廈
5	ウェルカムボードを持って	手持接機牌等候
	お待ちする／掲(かか)げる	
6	お客様とミートする／合流(ごうりゅう)する	和客人會合
7	荷物(にもつ)を______に入れる	將行李放入車箱
8	円(えん)を台湾元(たいわんげん)（ドル）に______	將日圓兌換成臺幣
	米ドル／人民元／ユーロ／	美金／人民幣／歐元／
	韓国ウォン	韓幣
9	____________________を持(も)つ	帶貴重物品
10	部屋割(わ)りをする	分配客房
11	感知器(かんちき)／センサーにかざす	在感應器上感應一下
12	自動的(じどうてき)にロックする／自動ロックする／自動ロックがかかる	自動上鎖
13	ランドリーに出す	衣服送洗
14	ハウスキーピング／ハウスキーパー	房務／房務人員
15	____________________を頼む	拜託morning call

基本文例

	原　文 (03-g01s~03-g20s)	訳文の一例 (03-g01t~03-g20t)
1	皆さん、こんにちは。今日お話しすることができて、大変うれしく思います。	大家午安！很高興今天能和大家聊一聊。
2	まず、お聞きしますが、学生ガイドを経験したことのある人、手を挙げてください。何人かいますね。はい、わかりました。	首先想問一下，有擔任過小導遊的同學請舉手。哦，有幾位同學。好的，謝謝。
3	学生ガイドは主に市内の観光案内を担当します。皆さんもいつか必要になるかもしれませんし、学校によっては学生に空港までお客様を迎えにいってもらうこともあると聞いていますので、今日はガイドと空港でのお出迎えに関する注意点をご紹介したいと思います。	小導遊主要負責在市區觀光導覽。各位或許哪天也會需要，而且聽說有的學校會請學生到機場接機，所以今天想跟各位介紹導覽與機場接機的注意事項。
4	せっかくなので、私が中国語で説明して、その後、皆さんに日本語に通訳してもらうという形で進めたいと思います。よろしいですね。	機會難得，所以我想進行方式就用中文來說明，然後再請各位翻成日文。這樣可以嗎？

5	首先小導遊當天最晚要在飛機預定抵達前的30分鐘抵達機場。要事先確認客人搭的航班、機場、航廈與車子等候的地方。	まず、当日は遅くとも飛行機が到着する予定時間の30分前に空港に着くべきです。お客様のフライト、空港とターミナル、車の待機場所を前もって確認しておいてください。
6	接著，確認班機狀況後，拿著寫有客人姓名、團體名稱的牌子，在出關口醒目的地方等候客人出來。	それから、フライトの状況をチェックしながら、お客様の名前や団体名の書いたウェルカムボードを持って、到着口近くの目立つ所でお客様が出てくるのを待ちます。
7	跟客人會合之後，要這樣說：歡迎各位來到台灣。我是學生小導遊，我姓潘，請多多指教。	お客様と合流したら、次のように言います。皆様、ようこそ台湾へいらっしゃいました。私は学生ガイドの潘と申します。よろしくお願いします。
8	首先請各位確認一下人數和行李是否到齊了。然後，洗手間是在右邊角落。請有需要的來賓前往使用。	まず、人数と荷物が全部揃っているか、ご確認お願いします。それからお手洗いは右側の角にあります。必要な方はどうぞご利用ください。

9	需要日圓換台幣的貴賓，在後面有台灣銀行。但是現在好像人有一點多，如果可以的話，待會兒我再帶各位到市區的銀行兌換。當然在飯店也可以換錢的。	両替が必要な方は後ろのほうに台湾銀行があります。しかし少々混み合っているようですね。よろしければ後ほど市内の銀行をご案内します。もちろんホテルでも両替ができます。
10	我引導各位到遊覽車那邊，請往這邊走。	それではバスのほうへご案内します。どうぞこちらへ。
11	請各位將大件的行李放進遊覽車的車廂，貴重物品請各位各自帶好。尤其是護照、現金等小心不要遺失了。	大きなお荷物はバスのトランクに入れていただき、貴重品などはご自分でお持ちになってください。特にパスポートや現金などは失くさないようにお気を付けください。
12	（在車內）各位貴賓，午安。再次向各位致意。我是學生小導遊，我姓潘。今天一整天由我為各位服務。這是我第一次擔任小導遊，不周到的地方敬請見諒。	（車内で）皆様、こんにちは。改めてご挨拶申し上げます。学生ガイドの潘です。今日一日ご案内をさせていただきます。初めてのこともあって、至らないところもあるかと思いますが、お許しください。

13	接下來想跟各位報告幾點注意事項。首先台灣跟日本有一個小時的時差。台灣時間現在是上午10點。接下來跟各位說的時間，講的全都是台灣時間，請各位不要弄錯了。	それでは、いくつかの注意事項(ちゅういじこう)をご案内します。まず、台湾と日本は一時間の時差(じさ)があります。今は台湾時間の午前(ごぜん)10時です。これからは全部台湾時間にてご案内しますので、お間違えのないようにお願いいたします。
14	另外，請注意，台灣的自來水不能直接生飲。一定要煮沸後再喝，或者買罐裝的水來喝。	そして、もう一つ注意していただきたいことがあります。それは台湾の水道水(すいどうすい)は直接(ちょくせつ)飲めないことです。必ず沸(わか)してから飲む、または市販(しはん)の水(みず)をお買(か)い求(もと)めください。
15	今晚各位入住的飯店房間裏有兩瓶贈送的水，那是免費的，請放心飲用。	今晩皆様がお泊(とま)りになるホテルの部屋には水が２本ずつ置いてあります。それは無料(むりょう)なので、安心してお飲みください。
16	從這裡走高速公路行車時間大約是50分鐘，各位請稍做休息。進入市區以後，我再為各位介紹沿途的風景。	これより高速道路(こうそくどうろ)を50分ほど走りますので、皆様、しばらくご休憩ください。市内(しない)に入ってから、途中(とちゅう)の景色(けしき)などをご案内いたします。

17	（辦理入住後）現在我們要分配房間。我們準備的是兩位一間，房間分配就如同各位事前所申請的。應該沒有變動吧！	（ホテルチェックインの後）今から部屋割りをいたします。事前にお申し込みの通り、お二方一部屋で準備をさせていただきました。特に変更などはございませんね。
18	房間鑰匙是卡片式的，在房門的感應器上面感應一下卡片，門就可以打開。但是房門會自動上鎖，所以各位出來的時候，別忘了帶房卡。	部屋の鍵はカード式になっております。カードをドアの前のセンサーにかざすと、ドアが開きます。しかし、自動ロックなので、お出かけの際は、カードをお忘れのないようにお願いいたします。
19	需要送洗服務的貴賓，請撥打房間內的電話，請按3跟房務人員吩咐。洗衣費用請各自支付。	ランドリーが必要な方は部屋の電話で３番を押して、ハウスキーピングに頼んでください。費用は各自でお支払いいただきます。
20	明天9點出發。早餐是7點開始，在1樓餐廳。需要morning call服務的貴賓，請跟我吩咐一聲。	明日は９時に出発します。朝食のサービスは７時から一階のレストランで提供されます。モーニングコールが必要な方は、どうぞ私にお申し付けください。

補足語句

1	ネームリスト、リクエスト	名單、需求
2	車番（しゃばん）／ナンバープレート	車牌號碼
3	添乗員（てんじょういん）／ツアーコンダクターが同行（どうこう）する	領隊同行
4	気軽（きがる）に申（もう）し付（つ）ける	隨時吩咐
5	オプションの観光（かんこう）プラン	自費行程
6	ベジタリアン／菜食主義者（さいしょくしゅぎしゃ）	素食者
7	ムスリムのハラール食（しょく）	穆斯林清真飲食
8	飲茶料理（やむちゃりょうり）	港式飲茶
9	時間（じかん）を守（まも）る／厳守（げんしゅ）	遵守時間
10	チェックイン／チェックアウトする	入住／退房
11	個別清算（こべつせいさん）する	各自結帳
12	鍵（かぎ）をフロントに返（かえ）す／返却（へんきゃく）する	把鑰匙放櫃檯
13	セーフティボックス／暗証番号（あんしょうばんごう）を入力（にゅうりょく）する	保險箱／輸入密碼
14	預（あず）け荷物（にもつ）／手荷物（てにもつ）	托運行李／手提行李
15	ファーストクラス、ビジネスクラス、エコノミークラス	頭等艙、商務艙、經濟艙
16	台風（たいふう）の関係（かんけい）で欠航（けっこう）になった	因颱風而取消航班
17	機内（きない）には持（も）ち込（こ）めない	不能帶進機艙
18	モバイルバッテリー	行動電源

19	格安航空（かくやすこうくう）（LCC）は手ごろだ	廉價航空經濟實惠
20	定期便（ていきびん）、臨時便（りんじびん）、チャーター便が運行されている	有定期航班、臨時班機、包機
21	ボーイングとエアバスは一般的（いっぱんてき）な機種（きしゅ）	波音及空中巴士是一般機種
22	パイロット、機長（きちょう）、副操縦士（ふくそうじゅうし）	飛行員、機長、副機長
23	客室乗務員（きゃくしつじょうむいん）／キャビンアテンダント	空服員、空姐

参考文例

	原　文（03-r01s~03-r13s）	訳文の一例（03-r01t~03-r13t）
1	出迎えの前にお客様のネームリストや個人的（こじんてき）なリクエスト、利用するバスのナンバープレート、インターネットなどホテルの無料（むりょう）サービスを確認します。	接機前先確認客人的名單、個人需求、搭乘遊覽車的車號、網路等飯店的免費服務。
2	添乗員（てんじょういん）の楊が皆様と一緒に海外（かいがい）ツアーにご同行（どうこう）いたします。途中（とちゅう）、何かございましたら、お気軽（きがる）にお申し付けください。	領隊小楊會陪同各位前往海外旅行。中途如果有什麼需要，請儘管跟領隊吩咐。

3	追加料理やオプションの観光施設の入場料などはお客様の自己負担となります。	追加菜餚以及自費行程的觀光設施門票費用，將由客人自行負擔。
4	**食事の案内——** 何か食べられないものはありますか。海鮮アレルギーなどはないですか。	**飲食需知——** 有沒有不能吃的食物？對海鮮會過敏嗎？
5	ベジタリアンの方、または牛肉を召し上がらない方はいらっしゃいますか。	有來賓是吃素或不吃牛肉的嗎？
6	宗教の関係で、特に食べられないものがあれば、ぜひご遠慮なくおっしゃってください。	如果因為宗教因素，特別有一些無法食用的餐點的話，不用客氣，請跟我說。
7	台湾の人は温かいお茶やお湯が好きなので、レストランでは通常お冷は出ません。必要な方は声をかけてください。	台灣人喜歡熱茶或熱開水，所以在餐廳通常不會提供冰水。如果需要的客人，請跟我說一聲。
8	お昼は美味しい飲茶料理をご用意いたしました。今は12時30分で、1時間15分後、つまり、午後1時45分に出発を予定しております。どうぞ時間厳守のほどお願いいたします。	中午我們準備了美味的港式飲茶。現在是12點30分，我們預定在1小時15分之後，也就是下午1點45分出發。請各位遵守時間。

9	**帰国の案内——** これからチェックアウトして、空港までお送りいたします。個別清算(こべつせいさん)が必要な方は先に済ませてください。また鍵も忘れずにフロントにご返却(へんきゃく)ください。	**回國需知——** 接下來我們要退房，再送各位到機場。需要個別付款的來賓，請事先付清。另外，鑰匙請別忘了（記得）退還給櫃檯。
10	（車内で）それでは出発いたします。皆様、お忘れ物はございませんか。特に肝心(かんじん)なパスポートや貴重品(きちょうひん)をセーフティボックスに置き忘れてはいませんか。どうか今一度ご確認をお願いします。	（車內）那麼我們要出發了。各位貴賓有沒有遺忘物品？尤其重要的護照、貴重物品，有沒有放在保險箱內忘了帶出來？麻煩各位現在再確認一下。
11	液体物(えきたいぶつ)やライターなどは預(あず)け荷物(にもつ)の中に入れるようにしてください。逆に、モバイルバッテリーは必(かなら)ず手荷物(てにもつ)にしてください。	液體狀的東西或打火機等，請放進托運行李。但是，行動電源請務必放進手提行李。
12	ご搭乗口(とうじょうぐち)は５番です。手荷物検査(てにもつけんさ)のゲートを通って出国審査(しゅっこくしんさ)を終えたら、中には免税店(めんぜいてん)があります。どうぞお楽しみください。それでは、皆様、お気をつけてお帰りになってください。	登機門是5號。在手提行李查驗關口完成出境審查，進去後會看到裏面有免稅店，大家敬請期待（可慢慢選購）。那麼，敬祝各位平安回家。

13	ご搭乗(とうじょう)はファーストクラス、ビジネスクラス、エコノミークラスの順番でご案内いたします。	登機順序會依頭等艙、商務艙、經濟艙來廣播。

基本語句（答え合わせ）

2	飛行機が定刻(ていこく)に到着(とうちゃく)／出発(しゅっぱつ)／着陸(ちゃくりく)／離陸(りりく)する	飛機準時抵達／出發／降落／起飛
7	荷物(にもつ)をトランクに入れる	把行李放入車廂
8	円(えん)を台湾元(たいわんげん)（ドル）に両替(りょうがえ)する	將日圓兌換成臺幣
9	貴重品(きちょうひん)を持(も)つ	帶貴重物品
15	モーニングコールを頼む	拜託morning call

專欄3 ☆

口譯員基本禮儀

守時是口譯員最基本的禮儀。任何跨國商談乃至國際會議事前都歷經長時間準備，口譯員若未準時抵達，會嚴重影響整體進行。再者，口譯員的服裝儀容也必須留意，除非是活動口譯或晚宴司儀等，客戶有特別指示外，最好能穿著深色正式服裝。而隨行口譯時尤其需要注意應對禮儀。

單元 4　校際交流
ユニット 4　学校交流

✤✤✤✤

練習目的

近來台日間的高中與大學交流十分熱絡。交流會的雙語司儀、雙方代表致辭的口譯，有越來越多學校是由同學自行擔任。透過本單元練習謙讓語與隆重場合的講法，熟悉台日校際交流之司儀口譯。

場面説明

日本親善大学一行が台湾の国際大学を訪れました。交流歓迎会では両校の学長が挨拶し、記念品を交わしました。通訳の卵がその司会兼通訳を任されました。

通訳の事前準備

1．交流の目的を把握しておきましょう。

2．歓迎会の段取りをチェックしておきましょう。

3．司会のセリフを予想しておきましょう。

4．歓迎の挨拶で話されそうな内容をおさえておきましょう。

基本語句

1	貴賓(きひん)／来賓(らいひん)	貴賓／來賓
2	お越(こ)しくださいました。 いらっしゃいました。 ご来訪(らいほう)されました。	前來／蒞臨
3	～に挨拶(あいさつ)を述べさせていただきます。	請我方人員致詞。
	～に挨拶を申し上げます。	請我方人員致詞。
	～にご挨拶／お言葉(ことば)を頂戴(ちょうだい)いたします。／賜(たまわ)りたいと存じます。	請我方以外來賓致詞。
4	光栄(こうえい)に存(ぞん)じます。	深感光榮
5	ようこそいらっしゃいました。 ご光臨(こうりん)／ご来訪(らいほう)を歓迎(かんげい)いたします。	歡迎蒞臨！
6	________________	有朋自遠方來，不亦樂乎！
7	友情(ゆうじょう)／が深(ふか)まる／を深(ふか)める／を強化(きょうか)する。	深化友誼
8	協定(きょうてい)を________／結(むす)ぶ	締結協議
9	歓迎会(かんげいかい)を催(もよお)す／行(おこな)う／開催(かいさい)する	舉行歡迎會
10	義援金(ぎえんきん)を________	捐款
11	教師(きょうし)及(およ)び学生一同(がくせいいちどう)	全體師生
12	記念品(きねんひん)	致贈記念品
13	皆様(みなさま)の________をお祈(いの)りいたします。	敬祝各位身體健康，萬事如意！

基本文例

	原　文（04-g01s~04-g19s）	訳文の一例（04-g01t~04-g19t）
1	**司会**：ただいまより、日本親善(しんぜん)大学歓迎会(かんげいかい)を始めさせていただきます。本日司会(しかい)を務めさせていただきます呉(ご)と申します。	**司儀**：日本親善大學歡迎會現在正式開始。我姓吳，今天由我擔任司儀。
2	**司会**：初めての司会役(しかいやく)なので至(いた)らないこともあるとは思いますが、一生懸命やりますので何卒(なにとぞ)宜(よろ)しくお願い申し上げます。	**司儀**：這是我第一次擔任司儀，可能還有許多不太周到的地方，但是我會努力扮演好司儀的角色，敬請各位多多指教。
3	**司会**：それでは、貴賓(きひん)の皆様をご紹介させていただきます。	**司儀**：接下來為各位介紹今天的貴賓。
4	**司会**：まず日本親善大学白濱誠(しらはませい)司学長(じがくちょう)、情報文化(じょうほうぶんか)研究科(けんきゅうか)教授(きょうじゅ)丸山夏樹(まるやまなつき)先生、そしてマルチメディア学科の学生20名です。	**司儀**：首先介紹，親善大學白濱誠司校長，接著是情報文化研究科教授丸山夏樹老師以及多媒體系20位同學。
5	**司会**：はじめに本校(ほんこう)黄正仁学長より歓迎の挨拶を述べさせていただきます。学長先生、よろしくお願いいたします。	**司儀**：首先有請本校黃正仁校長致歡迎辭。恭請校長。

6	**黃**：我們遠道而來的日本親善大學白濱誠司校長以及老師、同學們，各位好。今天能夠在這裡迎接各位蒞臨本校，本人深感榮幸。	**黄**：遠い日本よりお越しくださいました日本親善大学白濱(しらはま)学長、先生方(がた)、学生の皆様、こんにちは。皆様をお迎えすることができて、大変光栄(こうえい)に存じます。
7	**黃**：誠如孔子所說：有朋自遠方來，不亦樂乎。真的非常歡迎各位蒞臨本校。	**黄**：孔子(こうし)曰(いわ)く：「朋(とも)あり、遠方(えんぽう)より来(きた)る、また楽(たの)しからずや。」皆様ようこそ、いらっしゃいました。
8	**黃**：日文系在本校是推動國際交流的先鋒。希望在這次交流的契機之下，能夠加深彼此的情誼。	**黄**：日本語学科は本学では国際交流推進の先頭に立っています。今回の交流を契機(けいき)にして、お互いの友情が深まるよう願っております。
9	**黃**：雖然這一次我們交流的時間非常短暫，但我們將會最誠摯地讓各位了解到台灣高等教育的現況，尚請各位多多指教。	**黄**：短い交流の時間ではありますが、最大の情熱(じょうねつ)で可能な限り台湾高等(こうとう)教育の現状を皆様にお見せいたしますので、どうぞ宜しくお願いいたします。
10	**黃**：我們也衷心期待，透過與各位交流來拓展我們師生的文化視野還有世界觀。	**黄**：また皆様との交流を通じて、私たちの文化的視野(しや)やグローバル観もさらに広げられるよう心から期待しております。

11	**黃**：最後謹祝各位身體健康、萬事如意。我簡單致辭到這裏。謝謝各位。	**黄**：最後に皆様のご健康とご多幸をお祈りして私の挨拶とさせていただきます。
12	**司会**：学長、どうもありがとうございました。続きまして、白濱学長にご挨拶を頂戴いたします。白濱学長、よろしくお願いいたします。	**司儀**：謝謝校長。接著，我們謹邀請白濱校長為我們致辭。白濱校長，請上台。
13	**白濱**：黄学長、日本語学科の先生方、学生の皆様、こんにちは。本日このように盛大な歓迎会を催していただき、誠にありがとうございます。	**白濱**：黃校長，日文系的各位老師以及同學們，大家好。今天承蒙各位為我們舉辦如此盛大的歡迎會，非常感謝。
14	**白濱**：2011年3月11日に起きた東日本大震災、台湾の皆様から多額の義援金と多大な援助を賜りまして、日本国民の一人として心より御礼を申し上げます。	**白濱**：在2011年311大地震的時候，台灣朋友們捐給我們日本非常高額的捐款以及提供非常多的援助。我在這裏謹以一名日本人的身份致上由衷的感謝。
15	**白濱**：今回アニメーション製作についての交流会、そして研修会を開催することができまして、教師及び学生一同嬉しく存じております。	**白濱**：我們全體師生都非常期待這一次能夠舉辦製作動漫交流會以及研習會。

16	**白濱**：若者同士の交流を通じて、本学と国際大学との友好関係がいっそう強化されますことを願っております。以上、簡単な挨拶を述べさせていただきました。	**白濱**：透過年輕一輩的相互交流，希望本校和國際大學之間的友好情誼能夠更為鞏固。以上我簡單致辭到此。謝謝各位。
17	**司会**：白濱学長、どうもありがとうございました。	**司儀**：謝謝白濱校長。
18	**司会**：それでは、記念品贈呈の時間に移らせていただきます。（贈呈後）黄学長、白濱学長、どうもありがとうございました。	**司儀**：接下來進入致贈紀念品的時間。(在致贈紀念品之後)非常感謝校長與白濱校長。
19	**司会**：最後に記念写真を撮らせていただきます。皆様、どうぞステージの方へご移動ください。	**司儀**：最後我們邀請各位來賓來拍攝紀念照。請各位移步到前方舞台。

補足語句

1	ホームスティ／ホストファミリー	寄宿／寄宿家庭
2	協定(きょうてい)を締結(ていけつ)する／結(むす)ぶ	締結協議
3	カリキュラム	課程
4	アフレコ	配音
5	紙芝居(かみしばい)	看圖說故事
6	プレゼンテーション／プレゼン	簡報
7	全国大会(ぜんこくたいかい)	全國大賽
8	親御(おやご)さん	家長
9	進路(しんろ)	畢業後出路
10	選抜(せんばつ)	甄選
11	茶道(さどう)のお稽古(けいこ)	茶道練習
12	着物(きもの)の着付(きつ)け	穿和服
13	ウェブ会議(かいぎ)／テレビ会議(かいぎ)	視訊會議
14	マルチメディア	多媒體
15	通訳(つうやく)ブース	口譯亭／箱
16	絆をつなぐ／強化(きょうか)する／深(ふか)める	連結情誼／加強情誼
17	覚書(おぼえがき)に調印(ちょういん)する	簽署備忘錄
18	見聞(けんぶん)を広(ひろ)げる	增廣見聞
19	グローバル感覚(かんかく)を養(やしな)う	培養全球意識
20	言葉(ことば)の壁(かべ)を超(こ)える	超越語言壁壘
21	国際視野(こくさいしや)を広(ひろ)げる	擴展國際視野

22	漫画部／剣道部／弓道部／演劇部／吹奏楽部	漫畫社／劍道社／射箭社／戲劇社／管樂社

参考文例

	原　文 (04-r01s~04-r13s)	訳文の一例 (04-r01t~04-r13t)
1	今回はホームステーの形で台湾の一般家庭の生活を体験していただきます。	此次採取寄宿家庭的方式，請各位體驗一般台灣家庭的生活。
2	学生の洪が6時にお迎えに参ります。近くの夜市までご案内いたします。	洪同學6點會來接各位，然後帶大家到附近的夜市。
3	両校は姉妹校協定を締結して以来、様々な交流を続けてきました。	兩校締結成為姐妹校以來，雙方一直持續各項交流。
4	本学は5つの学部、20の学科と大学院があります。昼間と夜間部の学生数は合わせて1万人おります。	本校有5個學院，20個科系與研究所。日夜間部學生人數合計1萬人。
5	ぜひディスカッションの場を設けていただき、日本と台湾の大学生がそれぞれどのような研究に興味を持っているのかを議論してほしいです。	希望能有機會進行討論，來讓同學們討論日本與台灣的大學生各自對何種研究有興趣。

6	授業見学の時間では、日本語学科で通訳の授業を体験していただきます。当校は実戦力のある人材を育てる教育理念の下で、ビジネスや通訳、翻訳などの実用的なカリキュラムを取り入れています。	課程觀摩時間會請各位體驗日文系的口譯課程。本校在培育實戰人才的教育理念下，特別加入商務與口譯、筆譯等實務課程。
7	当学科の学生はアフレコ・コンテスト、紙芝居、スピーチ大会、プレゼンテーション・コンテストなど、日本語関係の全国大会ではたくさんの賞を獲得しております。	本系學生在日語配音比賽、看圖說故事、演講比賽、簡報比賽等日語相關的全國大賽中都獲得許多獎項。
8	毎年、学生の親御さんをお迎えし、カリキュラム・デザイン、学科発展方向、学生の学習状況、進路などについて懇談会を開いております。	每年都會邀學生家長舉辦懇談會，就課程設計、系科發展方向、學生學習狀況、畢業後出路等交換意見。
9	毎年交換留学生を選抜し、学術交流協定を結んだ日本の姉妹校へ派遣します。	每年甄選交換留學生，再薦送至簽署學術交流協議的日本姐妹校。

10	こちらは日本文化教室です。茶道のお稽古や着物の着付けなどを体験することができます。	這間是日本文化教室。學生可以在這裡體驗茶道練習或穿和服。
11	こちらはウェブ会議教室です。インターネットを通じて、よその大学と打ち合わせや研修会、講演会などを行うことができます。	這間是視訊教室。透過網路，我們可以在這裡與其他大學進行討論、或舉辦研討會、演講等。
12	こちらはマルチメディア教室です。学生は自由にパソコンやインターネット、専門のソフトなどを利用し、レポートや作品を完成させたり、自主学習したりすることができます。	這間是多媒體教室，學生能隨便使用這裡的電腦、網路或專業軟體，來完成報告、作品，也能進行自主學習。
13	こちらは通訳教室です。言語学習設備を通して、学生の通訳音声ファイルを全員にシェアし、コメントすることができます。奥には5つの通訳ブースがあります。それぞれ2名の学生が入り、同時通訳を行うことができます。	這間是口譯教室。透過語言學習設備，教師能將學生的口譯聲音檔播放給全班同學聽並加以講評。在後方有5間口譯亭，各間口譯亭能讓兩位同學進去進行同步口譯。

基本語句（答え合わせ）

6	朋遠方より来る、また楽しからずや。	有朋自遠方來，不亦樂乎！
8	協定を締結する／結ぶ	締結協議
10	義援金を寄付する	捐款
12	記念品贈呈	致贈記念品
13	皆様のご健康とご多幸をお祈りいたします。	敬祝各位身體健康，萬事如意！

專欄4 ☆

口譯員的口說能力

逐步口譯中口譯員固然不是主角，但往往也是與會者矚目焦點。若是大型演講更需要上台，讓原本高壓的口譯作業更添負擔，因此公眾演說訓練也被納入逐步口譯的基本訓練。倒不是要訓練成演說家，而是最基本的不怯場、音質悅耳、眼神要關注聽衆，而不可只顧看著自己的筆記。因此平時練習時要盡量發出聲音，留意聲音表情，對於外語更要力求發音正確，以便表達時更有自信。

單元 5　網路直播
ユニット 5　ネット中継

✤✤✤✤

練習目的

電玩遊戲是同學們熱愛的休閒活動，也是台灣重要的產業之一。本單元結合時下流行的網路直播，以練習研習會常見句型、操作說明、電玩相關專有術語之口譯。

場面說明

学校では学生が関心を持つ「ネット中継（ちゅうけい）」講演会が開催されます。通訳の卵はその通訳を手伝います。

通訳の事前準備

1．セミナーのテーマについて、そのやり方、状況、影響、問題点、などについて調べましょう。

2．専門用語の一覧表を作成しましょう。

基本語句

1	SNS（ソーシャル・ネットワーキング・サービス）	SNS／社群網站
2	トーク番組（ばんぐみ）	談話節目
3	________________	（在網頁上）留言
4	________________	網路聊天室
5	インタラクティブにフィードバックする	互動回饋
6	VRバーチャルリアリティ、仮想現実（かそうげんじつ）	虛擬實境(Virtual Reality)
7	AR（拡張現実（かくちょうげんじつ））／	擴增實境(Augmented Reality)
	MR（複合現実）	混合實境(Mixed Reality)
8	ゲーム中継（ちゅうけい）	遊戲實況
9	インフルエンサー（influencer）／ネットミーム	網路爆紅
10	プレイヤー	玩家
11	________________	吐槽
12	ギャグを言う	搞笑
13	________違反（いはん）	違反智慧財產權
14	ファンサブ	________________
15	閲覧数（えつらんすう）／視聴回数（しちょうかいすう）	點閱人次
16	オークション	拍賣
17	ショッピングサイト	購物網站

18 インスタグラム／インスタ映え　Instagram、IG／為搏人氣而刻意拍攝上傳的風景或美食照等

基本文例

	原　文 (05-g01s~05-g15s)	訳文の一例 (05-g01t~05-g15t)
1	皆さん、「ネット中継セミナー」にご参加いただき、誠にありがとうございます。	非常感謝各位參加「網路直播講座」。
2	今の時代はインターネットやSNSなどの発達によって、これまでになかった商品やビジネスモデルが開発されるようになりました。	現今這個時代由於網路跟網路社群十分發達，許多前所未有的商品以及商業模式都逐漸陸續被開發出來。
3	今日ご紹介するネット中継も、このような背景の下で新たなブームを引き起こしています。	今天我要跟各位介紹的網路直播，也是在如此的背景之下，所引起的一股新熱潮。
4	今はニュース、スポーツ、会議、音楽、番組などの生放送は、これまでのテレビやラジオだけではなく、インターネットでも、その実況が中継されるようになりました。	現在新聞、體育、會議、音樂、節目等等的現場直播，不再只是像過去透過電視或者是透過收音機來廣播而已，現在這些也開始在網路上面實況直播了。

5	例えばインターネットでトーク番組を生放送(なまほうそう)して、視聴者(しちょうしゃ)はパソコンのマイクや書き込み、チャットルームを通して、相互的に番組の出演者(しゅつえんしゃ)にフィードバックできます。	例如，在網路上現場直播談話節目，閱聽者可以透過電腦的麥克風、或者進行留言以及聊天室能夠和節目主持人以及來賓進行互動回饋。
6	しかも、今はVRやARの技術がどんどん進んできています。そのおかげで、ネット中継により多くの発展の可能性をもたらしています。	而且現在VR、還有AR技術越來越先進，因此也讓網路直播有更多發展的可能。
7	例えば、「ゲーム実況」もネットインフルエンサー、つまりインターネットで爆発的(ばくはつてき)な人気を得たものがあります。	例如透過「遊戲實況」也產生一些網紅，也就是在網路上獲得爆發性人氣的人。
8	「ゲーム実況」とは何か。まず、次のビデオをご覧ください。	什麼是「遊戲實況」？各位請先看一下接下來的影片。
9	ご覧のとおり、「ゲーム実況」とは、ゲームをやっているプレイヤーがゲームをしながら自分の操作について実況したり、コメントしたりするんですね。	就像各位所見到的，「遊戲實況」是電玩玩家一邊玩電玩，一邊實況報導自己的操作或者是評論。

10	実況では、プレイヤーによる攻略の説明や突っ込み、ギャグなど、そして、視聴者の書き込みなどを通して、多くの人が一緒にゲームを楽しむことができます。	在進行實況直播的時候，透過玩家說明攻略或者是吐槽、搞笑等，還有觀衆留言，可以讓許多人一起共享遊戲的樂趣！
11	しかし、ゲーム実況は、ゲームの権利者の許可を得ないで勝手に実況してプレイー動画を投稿すると、著作権法違反になる可能性もあります。これは要注意ですね。	但是遊戲實況如果沒有獲得遊戲版權所有人的許可，就恣意實況上傳遊戲影片到網路上的話，有可能會違反著作權法，這個要十分小心！
12	一方、ゲーム実況もファンサブみたいに、ゲームの宣伝やネット広告の収益などでそのビジネス効果が注目されています。	另外，遊戲實況也可以像字幕組一樣有助於遊戲宣傳或者是增加網路廣告的收益等等，所以它的商務效益也倍受矚目。
13	閲覧数に応じてサイトからお金が支払われる仕組みも現れました。実況プレイで生計を立てる人はわずかですが、存在しているのです。	最近也出現了一些機制，也就是依據瀏覽次數，由網站支付費用。雖然這樣的人很少，但是也有人靠遊戲實況維持生計。

14	そのうち、ゲーム実況もアニメや漫画みたいに、文化の一つになるかもしれませんね。これもインターネットの力ですね。	或許再不久，遊戲實況也會像動畫或者是漫畫一樣，成為一種文化。這也是網路發展所帶來的現象。
15	ネット中継のビジネス効果についてはもう一つの例を挙げましょう。ネット中継でファッションやメイクなどを紹介するある女性番組では、視聴者（しちょうしゃ）がオンラインで商品のオークションに参加したり、提携（ていけい）のショッピングサイトで紹介された商品を購入したりすることができます。	我再舉一個有關網路直播可以創造經濟效益的例子。有一個透過網路直播介紹服飾以及美粧的女性節目，觀衆可以線上參加商品拍賣，也可以在那一個節目所合作的購物網站上，購買節目所介紹過的商品。

補足語句

1	お肌（はだ）のケア/スキンケア	護膚
2	日焼（ひや）け止（ど）め	隔離霜（防晒乳液）
3	化粧下地（けしょうしたじ）	粉底
4	ファンデーション	粉餅
5	仕上（しあ）げ	補強
6	化粧崩（けしょうくず）れ	掉妝
7	フェイスパウダー	蜜粉

8	アイブロウ、アイシャドウ、アイライナー、マスカラ、チーク、口紅(くちべに)	眉筆、眼影、眼線、睫毛膏、腮紅、口紅
9	きちんと感(かん)	給人感覺很得體
10	ナチュラルなベースメイク	自然底妝
11	ムラなく	均勻地
12	薄(うす)くぼかす	勻開打薄
13	肌荒(はだあ)れ、にきび、目(め)の下(した)のクマが濃い	肌膚粗糙、青春痘、嚴重的黑眼圈
14	コンシーラー	遮瑕膏
15	パフ	粉撲

参考文例

	原　文 (05-r01s~05-r12s)	訳文の一例 (05-r01t~05-r12t)
1	皆さん、今日はネット中継の講演会という形で、大学生のメイクについてお話します。	大家好，今天我要以網路直播演講的方式跟各位聊一下大學生的彩粧。
2	台湾の女性は日本の女性ほどお化粧をしていないそうですね。しかし効果的(こうかてき)なメイクはお肌(はだ)のケアだけでなく、よりいきいきと元気に見せてくれます。	聽說台灣的女生沒有像日本的女生那麼常化粧。但是有技巧的化粧，不僅能夠護膚，而且還能讓你看起來更有精神哦！

3	メイクの基本手順は次のようになります。化粧水と乳液によるスキンケア、紫外線から肌を守る日焼け止め、肌色を均一に整える化粧下地、肌を美しく見せるファンデーション、仕上げと化粧崩れを防ぐフェイスパウダーといった順番です。	化粧的基本順序如下。用化妝水與乳液來護膚、隔離霜(防晒乳液)來防止紫外線傷害肌膚、粉底能讓膚色看起來更均勻、粉餅能讓膚色看起來更細緻、蜜粉可以補強及防止掉妝。
4	それから、眉や目、唇、顔の形や雰囲気を整えるにはアイブロウ、アイシャドウ、アイライナー、マスカラ、チーク、口紅などを使います。	然後再用眉筆、眼影、眼線、睫毛膏、腮紅、口紅等來修整眉毛、眼睛、嘴唇及臉形及看起來的感覺！
5	大学生には清潔感ときちんと感を出すナチュラルなベースメイクが最適です。	大學生最適合畫自然底妝來呈現出整潔，讓人感覺得體。
6	まずは化粧水と乳液でスキンケアをします。それから日焼け止めや下地などをムラなく丁寧に、顔の中心から外へとのばします。	首先擦化妝水與乳液先護膚。接下來仔細地將隔離霜與粉底由臉部中心均勻推向臉部外圍。

7	つけすぎたり少なすぎたりするとファンデーションが崩れやすくなります。	塗抹過多或過少，粉餅容易脫落。
8	ファンデーションは自分の首の色よりやや落ち着いた色を選びます。	粉餅顏色要選擇比自己脖子膚色深一些的。
9	顔を小さくみせるためには、ファンデーションを顔の中心にしっかりと量をつけて、顔の輪郭の周りへ薄くぼかしていきます。	要讓臉部看起來較小，粉餅在臉部中心要上得較厚些，逐漸向外勻開打薄。
10	大学生は二十代前後ですから肌荒れ、にきび、目の下のクマが濃いなどで悩む人が多いですね。	二十歲前後的大學生，很多人會有肌膚粗糙、青春痘以及黑眼圈嚴重的煩惱。
11	まず、先にファンデーションをブラシで均一にきれいにつけてから、気になるところにコンシーラーをうす塗りしましょう。	我們首先用粉刷沾均勻漂亮地上粉餅。接下來在較明顯的地方薄薄地塗上遮瑕膏。
12	パフに少量のフェイスパウダーをつけて、顔の凹凸にそって丁寧に塗っていきます。それからブラシでそっと余分な粉を落とします。	在粉撲上沾少量的蜜粉，順著臉部的凹凸輪廓仔細擦。再用粉刷輕輕刷掉多餘的蜜粉。

基本語句（答え合わせ）

3	書き込み	(在網頁上)留言
4	チャットルーム	網路聊天室
11	突っ込み	吐槽
13	著作権法違反	違反智慧財產權
14	ファンサブ	字幕組

專欄5 ☆

口譯員的外語能力

精通外語是成為口譯員的基本條件。但所謂精通不僅是擁有龐大的語彙與文法能力，包括自己的母語在內，需深入了解影響語言意涵的基本發想、乃至文化觀。此外語言的禁忌、幽默感、俚俗諺語、古典名著，時下流行語等都需不斷吸收。此外，與一般會話的最大差異在於，口譯須隨時在雙語間來回轉換，須特別注意避免受源語牽制。

單元 6　觀光方案競賽
ユニット 6　観光プランバトル

✤✤✤✤

練習目的

在學期間擔任小導遊時以及就業後實務上接待外賓時，常需要直接導覽或以口譯方式介紹各地景點、民俗活動。因此本單元列入部分導覽口譯，以練習介紹觀光景點。大家可多收集在地景點的中日文對譯資料，觀察及學習其翻譯之技巧，將有助於觀光景點口譯。

場面說明

台日（たいにち）交流事業の一環（いっかん）として、「台湾観光プランバトル」の決勝戦が開催され、各地の代表が自分の故郷の観光地についてアピールし、ネット中継を通して日本の参加者にぜひ行ってみたい所に投票してもらいます。通訳の卵がこの大会の通訳を任されました。

通訳の事前準備

1．台湾の代表的な観光名所（かんこうめいしょ）の日本語読みを確認してください。例えば、故宮（こきゅう）、太魯閣（たろこ）、龍山寺（りゅうざんじ）などです。

2．ネットの台湾観光情報を参考にしてください。

3．日本とのゆかりにも留意（りゅうい）してください。

基本語句

1	観光（かんこう）プランバトル	觀光方案競賽
2	＿＿＿＿＿＿＿＿	進入決賽
3	＿＿＿＿＿＿＿＿	打燈光
4	コレクション	收藏品
5	お薦（すす）めする、ご紹介（しょうかい）する	向各位推薦、介紹
6	トップバッター	第1棒打者
7	観光客（かんこうきゃく）／世界（せかい）を魅了（みりょう）する	吸引觀光客／全世界
8	海角（かいかく）七号　君想（きみおも）う、国境（こっきょう）の南（みなみ）	海角七號
9	ロケ地（ち）	拍攝的景點
10	水上（すいじょう）スポーツをする／楽しむ	進行水上運動
11	サオ族（ぞく）	邵族
12	湖（みずうみ）を遊覧船（ゆうらんせん）で一周（いっしゅう）する	搭船環湖
13	貸切（かしきり）バス	包車
14	町並（まちな）みをぐるりと一望（いちぼう）する	環視瞭望街景
15	千（せん）と千尋（ちひろ）の神隠（かみかく）し	神隱少女
16	＿＿＿＿＿＿＿＿	地標
17	参拝客（さんぱいきゃく）	香客
18	＿＿＿＿＿＿＿＿	(按)讚
19	＿＿＿＿＿＿＿＿	點下按鈕

基本文例

	原　文（06-g01s~06-g20s）	訳文の一例（06-g01t~06-g20t）
1	**司会：**日本の皆さん、本日は「台湾観光プランバトル決勝戦」にご参加いただき、誠にありがとうございます。 今回、決勝戦に入った代表は各地域の大学生で、日本語ができませんので、通訳を通して皆さんにご紹介します。	**司儀**：日本的各位貴賓，非常歡迎您參加今天的「台灣觀光方案競賽」。 這次進入決賽的代表是各地區的大學生，他們都不會說日語，所以要透過口譯進行介紹。
2	**司会：**それでは、台湾南部、中部、北部の順番で決勝進出者に、お薦めの台湾観光地について1分間ずつ発表していただきます。まず、トップバッターの南部代表をお迎えしましょう。	接下來就由進入決賽的代表們依照台灣南部、中部、北部的順序，以1分鐘時間推薦各地景點。首先歡迎擔任第一棒的南部代表。
3	**南部代表**：針對台灣南部的魅力景點，我首先要推薦的是位於台南市的「赤崁樓」。	**南部代表：**台湾南部の魅力的な観光地として、まずご紹介したいのは、台南市にある「赤崁楼」です。

4	赤崁樓是17世紀時由當時佔領台灣的荷蘭人所興建的，是台南象徵性的歷史古蹟。開放到晚上9點，晚上會點燈非常美麗。	赤崁楼は17世紀に台南を占領していたオランダ人によって建てられました。台南の歴史を象徴する古跡です。夜9時まで開放されていて、夜はライトアップされるので、とても美しいです。
5	接下來是台南的奇美博物館。	次は台南奇美博物館です。
	建築是採巴洛克風格，非常美麗，而館內展示了近一萬件的收藏品，都是企業家許文龍先生因個人興趣而收藏的，包括樂器以及西洋美術品等。	バロック風の建物はとても美しく、中には実業家の許文龍さんが個人の趣味で集めた楽器や西洋の美術品などのコレクション約一万点が展示されています。
6	最後要推薦的是台灣很具代表性的渡假地——墾丁。這裡因為是知名電影「海角七號」的拍攝地，是影迷非常嚮往的地方。	最後にお薦めしたいのは、台湾の代表的なリゾート地、墾丁です。ここは有名な映画「海角七号　君想う、国境の南」のロケ地で、映画ファンにとっての憧れの場所です。

7	在墾丁可以享受各種水上運動，或是在沙灘散步，度過悠閒時光。	墾丁では様々な水上スポーツを楽しんだり、ビーチで散歩したりして、のんびりと過ごすことができます。
8	**中部代表**：接下來由我介紹中部的景點。台北到台中搭高鐵只要約1小時。從沖繩也有班機飛台中。	**中部代表**：次は私より、中部の景勝地についてご紹介します。台中は台北から新幹線で約1時間かかります。沖縄から台中まで飛行機も飛んでいます。
9	首先要介紹的是距離台中高鐵站車程約2小時的日月潭。	まず、台中新幹線駅からバスで2時間ほどの日月潭をご紹介します。
10	這裡和阿里山、太魯閣並列為台灣三大觀光景點。日治時代時為了促進輕工業發展，而在這裡興建了水力發電廠。	ここは阿里山、太魯閣と並ぶ台湾三大観光地の一つです。日本統治時代に軽工業を支える水力発電所が建設されました。
11	大家可在這附近欣賞部族的表演，搭遊覽船繞日月潭一周，或是騎腳踏車。	この辺りで台湾先住民のサオ族のパフォーマンスを鑑賞したり、日月潭を遊覧船で一周したり、サイクリングしたりすることができます。

12	如果從台中乘坐遊覽車經過中部橫斷公路，4個半小時就能抵達台灣東部的太魯閣。當然，也可以從台北搭乘特快列車前往。	台中から貸切バスで中部横断道路を使えば、4時間半で台湾東部の太魯閣に到着します。もちろん台北から特急列車でも行けます。
13	台中下面是彰化縣。彰化縣的鹿港老街非常有名，當地還保留了台灣傳統的街道風貌。	台中の下には彰化県があります。彰化県の鹿港は下町が有名で、台湾の伝統的な町並みが残されています。
14	這裡有近300年歷史的天后宮，祭祀的是海上的守護神「媽祖」，這裡是台灣各地媽祖廟的總本山。	300年近くの歴史がある天后宮は海の守り神「媽祖」を祀っており、台湾各地の媽祖廟の本山です。
15	**北部代表**：接下來要介紹的是台灣首都台北周邊的景點，首先我要推薦的是「台北101」。	**北部代表**：次は台湾の首都である台北の周辺についてご紹介しますが、まず台湾のランドマーク、「台北101」をお薦めします。
16	從地面算起有101層樓所以命名為101大樓。89～91樓有觀景台，從上面可以眺望一望無際的台北街景。	ここは地上から101階もあるので、101ビルと名づけられました。89階～91階は展望台で、上から台北の町並みをぐるりと一望できます。

17	此外，台北附近著名的人氣景點還有九份。據說電影「神隱少女」就是以這裡作為雛形，這裡有很多像迷宮一樣的狹窄巷弄以及懷舊風的茶樓，非常具有魅力。	また、台北近くの人気スポットといえば九份(きゅうふん)です。ここは映画(えいが)「千(せん)と千尋(ちひろ)の神隠(かみかく)し」のモデルとなった所とも言われています。迷路(めいろ)のような細(ほそ)い路地(ろじ)やレトロな喫茶店(きっさてん)が魅力的(みりょくてき)です。
18	最後要介紹的是台北最靈驗的景點「龍山寺」。這裡建於270年前，是台灣北部最古老的寺廟，經常有很多香客前來參拜。	最後に台北一番のパワースポット、「龍山寺(りゅうざんじ)」をご紹介します。ここは約270年前に建てられた台湾北部で一番古いお寺で、常に大勢の参拝客(さんぱいきゃく)が訪れています。
19	**司会**：各観光プランのプレゼンは以上でした。どうもありがとうございました。さあ、いよいよ投票開始(とうひょうかいし)です。	**司儀**：各觀光方案的報告就到此為止，謝謝。好，接下來要開始投票了。
20	**司会**：日本でネット中継をご覧の皆様、どうぞ「ぜひ行ってみたい所」に「いいね」のボタンをクリックしてください。	在日本參加網路直播的各位觀衆，請在「最想去的地方」按讚。

補足語句

1	繁華街（はんかがい）	鬧區
2	渋谷（しぶや）、原宿（はらじゅく）、秋葉原（あきはばら）	澀谷、原宿、秋葉原
3	靖国神社（やすくにじんじゃ）	靖國神社
4	英霊（えいれい）を祀（まつ）る	供奉為國捐軀的戰士
5	衛兵（えいへい）の交代式（こうたいしき）をみる	觀賞衛兵交接儀式
6	信者（しんじゃ）	信衆
7	モダンな建築様式（けんちくようしき）	現代化的建築樣式
8	一年（いちねん）を通（とお）して温暖（おんだん）な気候（きこう）に恵（めぐ）まれる	一年四季如春
9	プレオープンする／プレ開業（かいぎょう）する	試營運
10	活気（かっき）が溢（あふ）れている	充滿活力
11	花見（はなみ）の穴場（あなば）	賞花的私房景點
12	郷土（きょうど）料理とご当地（とうち）グルメ	風味餐及在地美食
13	名所旧跡（めいしょきゅうせき）	名勝古蹟
14	屋台のB級グルメ	攤販小吃
15	観光案内所で観光PRをする	在旅客中心宣傳觀光
16	観光客誘致（ゆうち）	觀光推廣活動
17	古い町並（まちな）み	老街風貌
18	FIT（エファイティ、個人旅行）／パッケージツアー	FIT（Foreign Independent Tour，個人旅遊）或團體旅遊
19	レンタカー	租車

（付録）台湾主な先住民種族

アミ族（阿美族）	パイワン族（排湾族）
タイヤル族（泰雅族）	タロコ族（太魯閣族）
ブヌン族（布農族）	プユマ族（卑南族）
ルカイ族（魯凱族）	ツォウ族（鄒族）
サイシャット族（賽夏族）	タオ族（達悟族）

参考文例

	原　文 (06-r01s~06-r09s)	訳文の一例 (06-r01t~06-r09t)
1	2015年底，「國立故宮博物院」的分院在嘉義試營運開幕了。嘉義原本就因為是電影「KANO」故事所在地而著稱，故宮南院開幕後，再次以新的文化據點受到矚目。	「国立故宮博物院」の分院が2015年末に嘉義にプレオープンしました。嘉義といえば映画「KANO」の舞台地としても有名ですが、故宮南院がオープンしてから、新たな文化拠点として注目されています。
2	忠烈祠類似日本的靖國神社，祭祀了為國犧牲的戰士英靈。這裡最值得看的地方是衛兵交接儀式。整齊劃一的踢正步和交接儀式是其他地方所看不到的。	忠烈祠は日本の靖国神社のように、国のために戦死した兵士の英霊を祀っている所です。ここの一番の見所は衛兵の交代式です。ピッタリと息の合った行進や交代式は、ほかでは見られないものです。

3	西門町是知名鬧區，類似日本的澀谷或原宿、秋葉原。對台北的最新流行有興趣的人建議可以去走走。很多年輕人經常在這裡聚集，說不定會有意外的邂逅喔。	西門町(せいもんちょう)は日本の渋谷(しぶや)や原宿(はらじゅく)、秋葉原(あきはばら)のような繁華街(はんかがい)です。台北の流行に興味のある方にはお薦めです。ここは若者が多く、不思議な出会いが待っているかもしれません。
4	說到台灣的煙火大會，最有名的就是台北101大樓所舉辦的跨年倒數花火。最吸引人的地方就是，整棟高樓會同時發射煙火。此外，還有很多地方也會舉辦夏季的煙火大會。	台湾の花火大会といえば、年越(としこ)しに台北101ビルで開かれるカウントダウン花火です。それの一番の魅力(みりょく)は、高いビルから一気に花火が打ち上げられる所です。そのほかにもいろんなところで、夏を中心に花火大会が開かれています。
5	台灣的放天燈是並非夏季的活動，而是每年農曆1月15日，慶祝元宵節的活動。和一般燈會常見的只是展示花燈的方式不一樣。	天灯上(てんとうあ)げは夏の行事(ぎょうじ)ではなく、台湾では旧暦(きゅうれき)1月15日の元宵節(げんしょうせつ)を祝うための行事です。一般のただランタンを飾って展示(てんじ)するのとは違います。

6	放天燈用的是一種叫做天燈的氣球狀燈籠，大約1.5公尺高，將下面的火種點火以後，就會逐漸飛上天空。大家都會在天燈上面寫上心願，讓天燈飛得高高的，期待夢想成真。	天灯という高さ1.5mほどの風船状のランタンで、下の火種に火をつけて飛ばします。皆がそれぞれの願い事を天灯に書いて、念願がかなうように、空高く飛ばすのが最大の楽しみです。
7	台灣傳說中，七夕是織女星和牛郎星一年一度相會的日子，因此農曆7月7日就和2月14日西洋情人節一樣，被當成情人節來慶祝。	台湾では、七夕の日は織姫と彦星が年に一度逢う日という伝説から、2月14日のバレンタインデーに並んで、恋人の日とされています。
8	在台灣7月稱為鬼月，尤其是7月15日中元節祭拜好兄弟，無論家庭或公司行號都會把食品等供品堆得像山一樣高，而且會燒香和很多紙錢，希望能讓好兄弟在另一個世界享用。	台湾では旧暦の7月は鬼月と呼ばれ、特に7月15日、いわゆるお盆になると、人々は無縁仏を供養するために、家庭から企業まで、お供え物として、食品などを山ほど並べます。またお線香をあげたり、無縁仏があの世で自由に使えるように、お札代わりの紙をたくさん燃やします。

9	媽祖是台灣最具代表的民間信仰。媽祖被視為航海的守護神、深受愛戴，各地都有供奉媽祖的廟。農曆3月媽祖誕辰祭典是台灣最盛大的民俗活動，各地都會舉辦媽祖出巡祭典。	台湾を代表する庶民信仰といえば媽祖です。航海の女神として親しまれ、各地に媽祖を祀る廟が見られます。旧暦3月の媽祖の生誕祭は、台湾で最も盛大な民俗行事で、各地では神輿の巡幸が行われます。
	大甲鎮瀾宮的媽祖出巡時，在神轎帶領下歌仔戲、五彩旗幟、花車、舞龍、舞獅等遊行隊伍會穿越彰化縣、雲林縣到嘉義新港為止，總共為期九天。	大甲鎮瀾宮の巡幸は神輿を先頭に歌仔戲、錦の旗、山車、龍舞や獅子舞いなどが、彰化県や雲林県を通って嘉義の新港までおよそ9日間かけて練り歩く行事です。

基本語句（答え合わせ）

2	決勝に進出する	進入決賽
3	ライトアップする	打燈光
16	ランドマーク	地標
17	いいね	（按）讚
19	ボタンをクリックする	按鈕

MEMO

專欄6 ☆

專屬譯者或自由譯者

自由譯者為直接接案，或間接由會議公司轉介工作。而企業内口譯等專屬譯者則隸屬於某特定單位，有時也兼任秘書等工作。自由譯者接觸主題層面較廣，每次接案都必須從頭摸索相關議題，而且往往委託者與其對象雙方已經多次協商，初來乍到的口譯員必須迅速進入狀況。至於專屬口譯雖然需要支援生產技術、財務人事等不同屬性的任務，但屬於同一公司相對容易入手。因此有志口譯工作者，或許可先從專屬口譯入手，磨練功力、增廣人脈後再轉戰自由譯者。

單元 7　烘培體驗
ユニット 7　お菓子作り

✤✤✤✤

練習目的

據統計至2017年底止，全台共有136家觀光工廠，類似體驗型觀光導覽包括烘焙、烹飪、日用品、工藝品製作等，方便讓觀光客進行深度體驗旅遊。觀光工廠內之隨行口譯，性質上除導覽外，還加上製作流程之相關用詞及表達方式。口譯時，必須配合製作流程，有條理地即時譯出。

場面説明

日本大学生訪問団が世界大学と交流するため、台湾に訪れました。訪問団は台湾の有名なお土産、パイナップルケーキの作り方に興味があるので、世界大学は南投県のお菓子観光工場へ案内しました。工場内でパイナップルケーキ作りの体験をしました。お菓子の職人が中国語で作り方を説明するとき、通訳の卵が日本語に通訳をしました。

通訳の事前準備

1．お菓子作り用の材料や流れなどの用語を覚えておきましょう。

2．パイナップルケーキの作り方を調べてください。

3．手順を説明するときの接続語句に気をつけてください。

基本語句

1	パイナップルケーキを作る	做鳳梨酥
2	お菓子を作る／お菓子作り（かしづく）	作糕餅
3	＿＿＿＿＿＿＿＿＿＿	做／揉麵糰
4	小麦粉（こむぎこ） （強力粉（きょうりきこ）、中力粉（ちゅうりきこ）、薄力粉（はくりきこ））	麵粉 （高筋／中筋／低筋）
5	＿＿＿＿＿＿＿＿＿＿	主角⇔配角
6	木にぶら下（さ）がる	懸掛在樹上
7	旺盛（おうせい）／繁盛（はんじょう）	旺盛／興旺
8	＿＿＿＿＿＿＿＿＿＿	吉利／不吉利
9	生産ライン	生產線
10	粉乳（ふんにゅう）をふるう	把奶粉篩過
11	粉（こな）チーズ	起司粉
12	卵黄（らんおう）／卵白（らんぱく）	蛋黃／蛋清
13	丸（まる）めてから平（たい）らにつぶす	搓圓後押成扁平狀
14	＿＿＿＿＿＿＿＿＿＿	烤到金黃色
15	＿＿＿＿＿＿＿＿＿＿	冬瓜糖

基本文例

	原　文 (07-g01s~07-g15s)	訳文の一例 (07-g01t~07-g15t)
1	師傅：各位好，歡迎大家來參加鳳梨酥手作糕餅之旅，非常感謝各位。	職人：皆さん、本日はパイナップルケーキのお菓子作りツアーにご参加いただき、誠にありがとうございます。
2	鳳梨酥的主角當然是鳳梨了。沒有看過鳳梨的人，可能會以為鳳梨是和一般果實一樣結在樹上，其實這是不對的。	パイナップルケーキの主役はパイナップルですね。パイナップルを見たことがない人は、パイナップルの実は木の実のように、ぶら下がってなるものかと思うかもしれませんが、実はそうではないんです。
3	各位請看，這是鳳梨田。鳳梨是這樣長出來的哦！可能大家原本沒想像到吧。	こちらはパイナップル畑です。パイナップルはこのように育つんです。皆さんもきっと意外だったのではないでしょうか。
4	鳳梨台語稱為「旺來」，有旺盛的意思，所以在台灣被視為是很吉祥的水果，深受大家喜愛。	パイナップルを台湾語で発音すると「旺來」、旺盛、繁盛の意味が含まれる言葉になります。このため、縁起のよい果物として愛されています。

5	之後會請各位參觀製做鳳梨酥的生產線。首先請大家體驗親手製做鳳梨酥。好，接下來我來為各位說明鳳梨酥的作法。	この後、パイナップルケーキの生産ラインをご覧いただきますが、まずはパイナップルケーキ作りを体験（たいけん）しましょう。いまからパイナップルケーキの作り方をご説明します。
6	材料有您看到的這些。首先，要做麵糰。砂糖要先篩過後再加進奶粉、起司粉還有奶油，然後仔細地把這些材料攪拌均勻。	材料（ざいりょう）はご覧の通りになります。まず、生地（きじ）を作ります。砂糖（さとう）をふるい、粉乳（ふんにゅう）、粉（こな）チーズ、バターと一緒に丁寧（ていねい）に混（ま）ぜます。
7	等材料變泛白以後，再加入等量的高筋麵粉和低筋麵粉一起攪拌。請注意這兩種麵粉事先都要先篩過。	これらの材料（ざいりょう）が白（しろ）っぽくなってきたら、事前（じぜん）にふるっておいた同じ分量（ぶんりょう）の強力粉（きょうりきこ）と薄力粉（はくりきこ）を入（い）れてかき混ぜます。
8	一邊攪拌，一邊看差不多的時候就加進蛋黃，再搓揉麵團直到變成塊狀。	様子を見ながら卵黄（らんおう）を足（た）して、生地（きじ）をこねてひと塊（かたまり）にします。
9	目前為止有沒有問題呢？好，要趕快來包了。首先拿起適量的麵糰，搓成一糰後再壓扁。	ここまでは大丈夫ですか。それでは、さっそく包（つつ）みましょう。まず生地（きじ）を適度（てきど）に取（と）り、丸（まる）めてから平（たい）らに広（ひろ）げます。

10	就像是包湯圓一樣，把麵皮往上拉好把整個餡都包起來。等餡料都包住後，就放入模子裡。	お団子を作る感じで、あんを包み込むように皮をあんの上に伸ばします。あんがすっぽり包まれたら、それを型に入れます。
11	接著要烘烤。放進三百度的烤箱，等烤到整塊呈現金黃色以後，再一個個翻面，然後繼續烤。注意每隔5分鐘要確認一下顏色，好知道烤到什麼程度了。	次は焼きの作業に移ります。約300度のオーブンで全体がきつね色になったら一つ一つひっくり返して、また5分ごとに色を確認しながら焼いていきます。
12	大家辛苦了。各位做的鳳梨酥馬上就要出爐了，在這裡再針對餡料的部分跟各位補充說明一下。	さあ、お疲れさまでした。皆さんが作ったパイナップルケーキはもうすぐ出来上がります。ここであんのことについて、一つ補足説明をしておきます。
13	我們是在做鳳梨酥，所以大家會認為當然就是用鳳梨當內餡，其實每間店狀況不同，有的餡料是用冬瓜糖而不是用鳳梨，也有的工廠是使用鳳梨再加一部分的冬瓜。	パイナップルケーキなので、当然パイナップルをあんに使うと思われますが、実は店によっては、パイナップルではなく冬瓜の砂糖漬けだけを使用するとか、またはパイナップルと冬瓜を一緒に使うこともあります。

14	當然每個人口味不同，不過像我們這間店一樣，採用百分之一百的鳳梨來當內餡的鳳梨酥，吃起帶有酸味才會覺得更美味。	もちろん、好き嫌いはありますが、やはり当店のように百パーセントのパイナップルを使ったほうが、酸味が利いて美味しいと思います。
15	好，大功告成了。各位親手做的鳳梨酥，一定會覺得特別美味，製做這些鳳梨酥的費用已經包含在參觀的費用裡面了，大家可以帶回去當做伴手禮哦！	さあ、出来上がりました。皆さんご自身の手作りなので、味も格別に美味しいでしょう。これらのパイナップルケーキの費用もツアー料金に含まれていますので、どうぞお土産にお持ち帰りください。

補足語句

1	ベーキングパウダーとシナモンを合わせる	混合烘焙粉和肉桂粉
2	粗熱をとる	稍微放涼
3	材料を型に敷き詰める	將材料鋪滿模型
4	白玉粉と片栗粉を耐熱容器に入れる	將糯米粉和太白粉放入耐熱容器
5	ラップする	以保鮮膜封好
6	電子レンジ500Wで加熱する	用微波爐500W加熱

7	バット	托盤
8	饅頭（まんじゅう）	日式點心
9	こしあん／粒（つぶ）あん	豆沙餡／紅豆餡
10	タイマーをセットする	設定計時器
11	めん棒（ぼう）で生地（きじ）を延（の）ばす	用桿麵棍把麵糰桿平
12	ざるで粉をふるう	用篩子將粉篩過
13	保冷剤（ほれいざい）を置（お）く	放保冷劑
14	蒸（む）し器（き）でフワフワにする	用蒸籠蒸得鬆鬆軟軟
15	電子（でんし）はかりで分量（ぶんりょう）を確認する	用電子秤確認分量
16	シリコンゴム製（せい）のヘラでかき混（ま）ぜる	用矽膠製刮刀攪拌
17	ハンドミキサー／泡立（あわだ）て器（き）でメレンゲを作る	用電動攪拌器／手動打蛋器製作蛋白霜
18	マフィンとスコーンの作り方は似ている	馬芬蛋糕與司康的作法類似
19	バニラエッセンスで風味（ふうみ）をよくする	用香草精增添風味
20	バターや植物油脂（しょくぶつゆし）を控（ひか）えめに入れる	加入較少量的奶油或植物性油脂

参考文例

	原　文 (07-r01s~07-r10s)	訳文の一例 (07-r01t~07-r10t)
1	**洋菓子作り** 薄力粉やベーキングパウダー、ココア、シナモンなどを合わせ、ふるいにかけておきます。砂糖を2～3回に分けて加え、よく混ぜます。	**製作西點** 加入低筋麵粉、烘焙粉、可可亞、肉桂，先用篩盤篩過。砂糖分2～3次摻入，仔細攪勻。
2	180℃に予熱したオーブンで約30分焼きます。耐熱容器にバターを入れ、ふたをして、レンジで約1分15秒加熱します。	放入預熱到180°C的烤箱中烤30分鐘。在耐熱容器裡放入奶油，蓋上蓋子，用微波爐加熱約1分15秒。
3	材料をボールに移して粗熱をとり、白ワインとレモン汁を加えて混ぜます。バターは1cm角切りにし、使用する直前まで冷蔵庫で冷やしておきます。最後にケーキ型の底に上の材料を敷き詰め、冷蔵庫で冷やし固めます。	材料移到碗裡放涼，再加入白酒或檸檬汁調勻。奶油切成約1公分小丁，預先放在冰箱冷藏庫直到要使用時才拿出。最後將上述的材料放入蛋糕模型的底部，擺在冰箱冷藏到凝固為止。
4	**和菓子（イチゴ大福）** 白玉粉、片栗粉、砂糖を耐熱容器に入れて、お水を少しずつ入れながら混ぜます。	**和菓子（草莓大福）** 糯米粉、太白粉、砂糖等放入耐熱容器，逐漸加入少量的水，慢慢攪勻。

5	ラップして、電子レンジ500 Wで1分加熱します。よく混ぜてから電子レンジで50秒加熱します。これを二回繰り返します。	蓋上膠膜，放入微波爐以500W加熱1分鐘，充分攪拌後再放入微波爐加熱50秒，同樣動作重複兩次。
6	バットに片栗粉を敷いて加熱した生地を乗せて、ラップをして冷まします。冷ました生地でイチゴとあんこを包めば完成です。	在托盤上灑上太白粉再將加熱過的麵糰放上，蓋上膠膜冷卻。之後再包入草莓和內餡就完成了。
7	**タピオカミルクティー** お湯を沸かします。ぐらぐらと沸騰させたところにタピオカを入れ25分間茹でます。さらに、鍋にふたをして20分ほど蒸らします。	**珍珠奶茶** 將水煮開。等水沸騰後將粉圓放入煮約25分鐘，之後再加上鍋蓋燜20分鐘左右。
8	茶葉に沸騰したお湯を勢いよく注ぎます。2～3分蒸らし、濾してからお好みの量でお砂糖や冷たい牛乳を入れます。	將煮沸的開水快速沖入茶葉，燜約2～3分鐘，過濾後依個人口味，放入適量的砂糖以及冰牛奶。
9	最後に冷やしたタピオカを入れると、台湾人気のタピオカミルクティーの完成です。	最後放入冰過的粉圓，台灣超人氣甜品──珍珠奶茶就完成了。
10	日本で饅頭と言われるお菓子には、よくこしあんや粒あんが入っています。	在日本被稱為饅頭的甜點裡，常有放豆沙餡或紅豆餡。

基本語句（答え合わせ）

3	生地（きじ）を作る／こねる	做／揉麵糰
5	主役（しゅやく）⇔脇役（わきやく）	主角⇔配角
8	縁起（えんぎ）がよい／悪い	吉利／不吉利
14	きつね色（いろ）まで焼く	烤到金黃色
15	冬瓜（とうがん）の砂糖漬（さとうづ）け	冬瓜糖

專欄7 ☆

口譯的本質在於溝通

口譯不是字、句的對譯，因為語言除字音、句法組成的外顯意涵，更重要的是前後語境、文化認知所建構的“內隱意涵”，而能深入解讀，正是譯者不會被電子翻譯軟體取代的價值所在。“婚前茱麗葉、婚後瑪利亞”，台灣聽者聽了會莞爾一笑，但口譯員知道全然照譯根本無法取得同等溝通效果。而也因為有深入理解的能力，若現場一時找不到對應詞，口譯員也可以其他表達方式完成溝通。

單元 8　微電影大賞
ユニット 8　ショートフィルム大賞

✤✤✤✤

練習目的

配合奧斯卡金像獎、金馬獎等頒獎典禮之話題與休閒嗜好，演練典禮司儀、電影內容介紹、感想、謝詞、獎項、電影標題等口譯。這類題材涉及感言、道謝等感性詞語以及電影標題、電影介紹旁白等須處理訊息較密集、近乎筆譯的口譯方式。

場面説明

台湾中部大学学生会連盟が第5回日台大学生ショートフィルム大賞を開きます。通訳の卵が授賞式の通訳を担当します。授賞式では映画の内容が紹介され、賞を授与する人と受賞した人がコメントしました。

通訳の事前準備

通訳の内容を予測し、進行の流れをシミュレーションしてみましょう。

1．映画関係の賞はどんなものがありますか。

2．授賞式の進行プログラムはどうなっていますか。

3．映画の内容を紹介する方法を考えてみましょう。

4．受賞者はどんな感想を述べますか。

5．作品や演技などに対してどのようにコメントしますか。

基本語句

1	授賞式（じゅしょうしき）	頒獎典禮
2	コンペティション	競賽
3	＿＿＿＿＿＿＿＿	提名
4	最優秀作品賞（さいゆうしゅうさくひんしょう）	最佳影片
5	最優秀監督（かんとく）賞	最佳導演
6	最優秀脚本（きゃくほん）賞	最佳劇本
7	最優秀主演男優（しゅえんだんゆう）賞	最佳男主角
8	最優秀主演女優（じょゆう）賞	最佳女主角
9	最優秀助演（じょえん）男優賞	最佳男配角
10	最優秀助演女優賞	最佳女配角
11	リアル	寫實
12	＿＿＿＿＿＿＿＿	演員
13	＿＿＿＿＿＿＿＿	獎狀
14	＿＿＿＿＿＿＿＿	獎盃
15	＿＿＿＿＿＿＿＿	獎牌

基本文例

	原　文 (08-g01s~08-g22s)	訳文の一例 (08-g01t~08-g22t)
1	**司儀**：各位現場的來賓，感謝各位參加臺灣中部大學學生會聯盟主辦的第5次日臺大學生微電影大賞頒獎典禮。	**司会**：ご来場(らいじょう)の皆様、本日、台湾中部大学学生会連盟(れんめい)主催の第5回日台大学生ショートフィルム大賞授賞式にご参加いただき、誠にありがとうございます。
2	我們舉辦這一次的競賽承蒙日本中部大學學生會聯盟、臺灣工商會、日本商工協會提供諸多的協助，在此我們再一次表達感謝之意。	このコンペティションの開催にあたり、日本中部大学学生会連盟、台湾工商会(こうしょうかい)、日本商(しょう)工協会(こうきょうかい)などより多大なご支援をいただき、この場をお借りして改めて御礼を申し上げます。
3	此外也由衷感謝籌備委員會各位工作人員盡心盡力。	また実行委員会スタッフ皆様にもご尽力いただき、心より感謝申し上げます。
4	這個獎項是為促進臺灣與日本大學生交流，而頒給日本以及臺灣的大學生所製作的15到20分鐘之內的微電影。	この大賞は台湾と日本の大学生の交流を図るため、日本や台湾の大学生が製作した15分から20分以内のショートフィルムに授与(じゅよ)される賞です。

5	這一個比賽從2011年舉辦以來，每一年參賽的影片一直不斷增加，這一次從臺灣及日本一共有兩百部以上的影片參賽。	2011年から開催されて以来、毎年応募作品数が増加し、今回日本と台湾から200本以上の作品が寄せられました。
6	這一次的比賽競爭將會非常激烈，被提名的影片會依照網路觀家投票百分之五十，以及專家審查百分之五十，這樣子的配分來進行評選。	競争は激しいですが、ノミネート作品の選定はインターネット視聴者の投票が50%、専門家の審査が50%という割合で行われます。
7	入圍的作品獎項設有影片獎、最佳導演獎等等6個獎項。每一個獎項分別提名三部作品。	優秀賞は作品賞、監督賞など6つの部門が設けられております。各部門ではそれぞれ三つの作品がノミネートされました。
8	接下來我們將開始進行頒獎。首先公佈最佳女配角獎。有請小林導演為我們頒獎。	それでは授賞式を始めさせていただきます。まず、最優秀助演女優賞からの発表です。小林監督に賞の授与をお願いいたします。

9	**小林監督**：受賞したのは「ダンボールと私」でホームレスのおじいちゃんの奥さん役を演じた高美亭さんです。若いときから夫を支え、認知症で迷子になった夫を都会で必死に探し続ける演技は見事でした。 （賞を授与した後）おめでとうございます。	**小林導演**：得獎的是高美亭小姐，高小姐她在「紙箱與我」中飾演流浪漢老爺爺的太太。她從年輕一路扶持老爺爺，在老爺爺因為失智症而走失的時候，在大都會裏面不斷拼命找尋老爺爺，她的演技非常地精湛。 （頒獎後）恭喜！
10	**司儀**：請得獎者發表感言。	**司会**：受賞者あいさつです。
11	**高美亭**：能由嚮往已久的小林導演接下這個獎項，這樣好像自己是在做夢一樣，我不是在做夢，對吧！	**高美亭**：憧れていた小林監督からこの賞をいただくことができて、夢みたいですけど、これは夢ではないんですよね。
12	我在扮演這一個角色的時候，日本美德大學風間彩同學她非常仔細地教我日語發音。真的非常感謝她。	この役を演じるにあたり、日本美徳大学（びとくだいがく）の風間彩（かざまあや）さんから日本語の発音を丁寧に教えていただきました。ありがとうございました。

13	另外，我也想要感謝我的祖母。我模仿了她的動作。「紙箱與我」的工作人員們也都給予我各種的協助，真的非常感謝。	そして、うちのおばあちゃんにもありがとう、と言いたいです。仕草などをまねさせてもらいました。「ダンボールと私」のスタッフの皆様にもいろいろ助けていただいて、本当にありがとうございました。
14	**司儀**：接下來發表最佳影片獎。我們再次來欣賞入圍影片的宣傳短片。	**司会**：それでは、いよいよ最優秀作品賞の発表です。ノミネートされた作品のPVをもう一度見てみましょう。
15	**司儀**：首先是「我是那些時光的你」。	**司会**：まずは「交換生活」です。
16	「交換生活」の紹介：インターネットで知り合った台湾の大学生英雄（インシオン）と日本の大学生剛（つよし）の二人が夏休み中、交換生活を始めた。	「我是那些時光的你」影片介紹：在網路上認識的臺灣大學生英雄和日本大學生阿剛，他們兩人在暑假的時候開始交換彼此的生活。

17	剛が夜市でチキンカツを売る英雄のお母さんを手伝うことになり、英雄が酪農家剛のお父さんを手伝うことになった。二人はうまくお互いの家族と触れ合うことができるのか、違う文化体験はどうなるのだろうか。	阿剛到夜市幫英雄的媽媽賣雞排，英雄則是去幫忙阿剛的父親從事酪農業。阿剛和英雄是不是可以和對方的家長相安無事呢？體驗不同文化又將會如何演變呢？
18	**司儀**：第二部作品是「紙箱與我」。	**司会**：二つ目の作品は「ダンボールと私」です。
19	「ダンボールと私」の紹介：都会のB駅の階段を降りると、段ボールがずらりと並ぶ別世界に入る。毎日通学する美香が地下道を通るたびに、あるホームレスのおじいちゃんに目を引かれる。	「紙箱與我」的影片介紹：一下大都會B車站的階梯，就會進入排滿紙箱的不同的世界。美香每天上學經過地下道的時候，都會被一個流浪漢老爺爺吸引目光。
20	ある日、美香はおじいちゃんと話すことになり、認知症のおじいちゃんのかすかな記憶をたどりながら、その家を美香とクラスメートが探す物語。	這個故事描述有一天美香和老爺爺交談之後，美香和同學們循著失智症老爺爺的依稀記憶，幫老爺爺找尋回家之路。

21	**司儀**：有請黑澤導演為我們頒獎。	**司会**：黒澤監督、授賞をお願いいたします。
22	**黒澤監督**：受賞作品は、「交換生活」です。一人親家庭（ひとりおやかてい）の愛と涙、そして台湾と日本の文化をリアルに描きました。まさにこの日台大学生ショートフィルム大賞を飾る素晴らしい作品です。おめでとうございます。	**黑澤導演**：得獎作品是「那些時光的你」。這部電影刻畫出單親家庭的愛與淚水以及臺日文化的交流。這真是一部為台日大學生微電影大賞增添風彩的一部微電影，真棒！恭喜得獎！

補足語句

1	壇上（だんじょう）	舞台
2	クライマックス	劇情高潮
3	キャスティング	卡司
4	キャラクター、キャラ	角色
5	視覚効果賞（しかくこうかしょう）	視覺效果獎
6	編集賞（へんしゅうしょう）	剪輯獎
7	音響編集賞（おんきょうへんしゅう）	配樂獎
8	撮影賞（さつえい）	攝影獎
9	メイクアップ＆ヘアスタイリング賞	化粧及髮型設計獎
10	衣装（いしょう）デザイン賞	服飾獎

11	ドキュメンタリー	紀錄片
12	短編(たんぺん)アニメーション	短篇動畫
13	アクション映画	動作片
14	コメディ映画	喜劇片
15	ホラー映画	恐怖片
16	ロマンス映画	愛情片
17	SF(エスエフ)映画	科幻片
18	映画のレイティングシステム	電影分級制
19	R+12(アールプラスじゅうに)、 R+15	輔導級
20	R+18（18禁(きん)、成人映画(せいじんえいが)）	限制級

参考文例

	原　文 (08-r01s~08-r10s)	訳文の一例 (08-r01t~08-r10t)
1	それでは、授賞式(じゅしょうしき)に移(うつ)りたいと思います。受賞者の方は名前を読み上げられましたら、壇上(だんじょう)へお上がりください。賞が授与されてから1分間の受賞挨拶をしていただき、その後、お席にお戻りください。	接下來進入頒獎典禮。請唸到姓名的得獎者上臺。頒獎後，請進行1分鐘的得獎感言。之後請回座。

2	記念写真（きねんしゃしん）を撮らせていただきますので、授与者と受賞者の皆様、どうぞ横一列（よこいちれつ）にお並（なら）びください。	我們要一起合影留念，請所有頒獎者與得獎者橫排成一列。
3	以上をもちまして、第5回日台ショートフィルム大賞授賞式を終わらせていただきます。また来年お会いしましょう。	以上第5屆台日微電影大賞頒獎典禮到此告一段落。我們明年再會。
4	この映画は観覧年齢（かんらんねんれい）の制限（せいげん）があります。保護級（ほごきゅう）のため、6歳から12歳未満（みまん）の子供（こども）が鑑賞（かんしょう）する場合、保護者または教師の同伴（どうはん）が必要（ひつよう）です。	這部電影有觀賞年齡的限制。它是保護級，所以六到十二歲的小孩要欣賞這部影片，需要有家長或老師陪同。
5	考えさせられるドキュメンタリーですね。まさか海の生き物などがこんなにもビニールの被害（ひがい）を受（う）けているとは知りませんでした。物事は本当に表裏一体（ひょうりいったい）ですね。科学技術と環境問題は切っても切れない関係ですね。	這真是一部引人深思的紀錄片。我以前都不知道原來海洋中的生物會因塑膠而如此深受其害。所有事物真是一體兩面，科技與環保真是關係密切。

6	ドラマの前半は家族の絆がつづられていますが、後半になると、不審者の出現により、これからどうなるかとわくわくしながら見ていました。	連續劇前半段描寫家人之間的情感，後半段則因為出現可疑人物，而讓人十分期待後續發展。
7	人気漫画「GO！夢を目指そう！」がようやく実写映画化されました。日野大翔が高校生から80歳までの木下誠役の人生を演じていて、その嫌みのない演技が注目を浴びています。見るほうもすっきりしますね。	人氣漫畫「GO！追逐夢想！」終於拍了真人版了。日野大翔飾演木下誠這個角色，從高中生演到八十歲，他的演技令人百看不厭，十分受矚目。讓看戲的人也覺得非常舒暢。
8	クライマックスのところが印象に残りました。夕日の下で、日本海に向かって座る主人公の二人がもたれかかって、その後ろ姿が台詞以上のことを語っていたんです。しみじみとその感情が伝わってきました。すばらしかったです。	我對影片最精彩的一幕印象深刻。主人翁兩人在夕陽下面向日本海互相依偎地坐著，他們的背影遠勝於一切台詞，深切地傳達出情感。實在演得太棒了。

9	この作品はピュアな恋愛や社会のリアルそして絶望（ぜつぼう）から立ち上がる主人公の奮闘（ふんとう）ぶりを描（えが）いた涙と笑いの作品です。ストーリが面白く、ハッピーエンドもよかったですね。	這部影片描繪純真的戀愛、社會的現實以及主角由絕望奮發圖強，這是一部充滿淚水與歡笑的作品。故事非常有趣，歡樂的結局也十分令人期待。
10	このドラマが初回（しょかい）放送されると、新感覚（しんかんかく）のキャスティングで一気（いっき）に二桁（ふたけた）の視聴率（しちょうりつ）をとりました。冒険（ぼうけん）や挑戦心（ちょうせんしん）にあふれるキャラは、やはり日野大翔（ひのたいしょう）が向いていますね。心（こころ）を動（うご）かされる演技でした。	這部連續劇第一次播出後，就因全新樣貌的卡司而一口氣拿下兩位數字的收視率。日野大翔還真是適合充滿冒險與挑戰心的角色。他的演技真是撼動人心。

基本語句（答え合わせ）

3	ノミネートする	提名
12	俳優（はいゆう）、役者（やくしゃ）	演員
13	賞状（しょうじょう）	獎狀
14	トロフィ	獎盃
15	メダル	獎牌

MEMO

專欄8 ☆

口譯員的訊息處理

面對講者陌生的發言內容，口譯員需借助短期記憶才能順利為其代言。而短期記憶有限。據研究，一般人的短期記憶只能儲存五到九個訊息點（bits of information），聽取源語時若只顧記憶語言本身，記憶容量很快就飽和，因此必須將重點放在訊息分析，有如「得魚而忘筌」。因為語言只是用以傳達意思的載具，例如身體語言也能溝通一樣，唯有消化訊息、結合長期記憶的固有知識，如需要時再配合口譯員筆記，才得以完成口譯任務。

單元 9　交流論壇
ユニット 9　交流フォーラム

✤✤✤✤

練習目的

本單元重點在於演練座談會司儀口譯及學習文創相關知識。司儀口譯是常見的口譯工作類型，須身兼司儀及口譯員的角色。本單元將練習引導發問、促使來賓發言、互動、炒熱氣氛的措辭、文創產業相關詞語表達之口譯。

場面說明

日台若者交流会は3年前に立ち上げられ、年末の相互訪問が定例となっています。より一層理解を深めるため、訪問のスケジュールについて、フォーラムで日台の代表から提案を募集することになりました。台湾の再利用されている昔の建築物について、いろいろ提案されました。

通訳の事前準備

1．参加者からアディアを聞きだしたり、質問を促したりする座長の言い回しを、事前に日本語と中国語で練習しておきましょう。

2．台湾で再利用されている昔の建築物について資料を調べてください。

基本語句

1	～をプログラム／企画に組(く)む	將行程安排進活動表／節目
2	________________	致贈捐款
3	________________	還在第一線活躍
4	グッドアイディア／すばらしい提案	很棒的點子／提議
5	________________	文創產業
6	________________	嚴重受損
7	工場見学(こうじょうけんがく)、公式訪問(こうしきほうもん)	參觀工廠、拜會
8	クールジャパン	酷日本（Cool Japan）
9	パレードをする	踩街／遊行
10	________________	獨特的宅店與公仔專賣店

基本文例

	原　文 (09-g01s~09-g17s)	訳文の一例 (09-g01t~09-g17t)
1	**座長**：本日、ご参加いただき、誠にありがとうございます。モデレーターを務めさせていただきます佐々木でございます。	**主席**：今天非常感謝各位參加。我叫佐佐木，很榮幸能擔任今天的會議主席。請多多指教。

2	当会の日台相互訪問はすでに2回実施してきましたが、これから3回目のプログラムを計画するにあたって、実施方法を含めて、関心のあるジャンルなどについて皆様のご意見をお聞きしたいと思います。	我們這個會已經舉辦過兩次台日互訪活動，接下來為了安排第3次即將實施的活動行程，有關實施方法、各位感興趣的領域等，想多聽聽大家的意見。
3	**佐藤**：佐藤です。東日本大震災の時、台湾から250億円もの寄付金を送っていただいたことから、台湾がどれほど親日なのか数字で証明されました。しかし、日本の若者はそれほど台湾のことを知らないというのが現状です。	**佐藤**：我叫佐藤。日本311大地震的時候，台灣的捐款高達250億日圓，從這個數字可以證明台灣是多麼的關心日本。但是以目前狀況來說，日本的年輕人對於台灣還不是很了解。
4	聞いたところによりますと、台湾では日本時代からの建物が今でも現役で利用されているそうです。その建物見学をツアーの企画に組めれば、より当時の歴史が分かると思います。	聽說在台灣現在仍然使用許多日本時代的建築物。如果把這些建築物納入參觀旅行的行程中，應該可以讓大家對於當時的歷史有更充分的了解。

5	**座長**：ご提案ありがとうございます。佐藤さんのお話に関して、台湾の皆さんはどう思われますか。	**主席**：謝謝，關於佐藤先生的建議，各位台灣朋友們有沒有什麼看法？
6	**林**：我姓林。這意見真是太好了。近幾年台灣很盛行文創，也就是culture creative。配合這些活動，日本時代的許多老舊建築重新活絡起來，再度被運用。	**りん**：林です。それはグッドアイディアですね。ここ数年、台湾では文創、つまりカルチャー・クリエイティブが盛んになっています。それに合わせて日本時代の古い建物をリノベーションし、再利用されるようになったところがたくさんあります。
7	例如1932年創建的台灣林百貨店，聽說使用的都是當時最尖端的建築技術和材料。1945年時因為受到大規模的空襲而導致受創嚴重，而在2013年6月已經重新修復了。	例えば、1932年に創建された台南の林百貨店は、建築技術も材料も当時最先端のものが使われたそうです。1945年に大規模な空襲で大きなダメージを受けましたが、2013年6月に修復されました。

8	2014年6月中旬，這棟建築重新再出發成為文化據點。還有位於台中市的宮原眼科，這棟建築現在已經變成了時尚的糕餅店兼冰淇淋店。	2014年6月中旬（ちゅうじゅん）に文化（ぶんか）の拠点（きょてん）として再利用されました。それから、台中市にある宮原眼科（みやはらがんか）の建物は、今はお洒落なお菓子屋とアイスクリーム屋に蘇（よみがえ）りました。
9	**陳**：我姓陳。我的老家在台北，像這類重新再利用的文化據點非常多。例如，華山以及松菸文創中心，兩者都是日本時代煙草工廠的遺址。還有最近開放的紀州庵文學館原本是一家餐廳。	**陳**：陳です。自分の出身の台北にも、このようなリノベーションされた文化拠点が多いですよ。例えば、華山（ファシャン）や松菸（ソンイェン）文創（ウェンチュウアン）センターはいずれも日本時代のタバコ工場の跡地（あとち）です。そして最近オープンした紀州庵文学館（きしゅうあんぶんがくかん）はかつて料理屋でしたね。
10	**小林**：小林です。佐藤さんの提案はいいですね。北から南まで地元の若者と交流をしながら、各地に再生された古い建物とその文化活動をいっぺんに見学できますからね。	**小林**：我是小林。佐藤的建議很好，我們可以從北到南，除了和當地年輕人交流，同時還可以一次看到各地重新使用的老舊建築和現在的文化活動。

11	**座長**：台湾での実施内容について、早速活発なご意見をいただきまして、ありがとうございます。日本に関しては、台湾のほうから何かご希望がありますか。	**主席**：有關在台灣要舉辦的行程，很快就獲得非常熱烈討論，感謝大家。另外，關於在日本的行程，台灣朋友們希望怎麼進行呢？
12	**王**：我姓王。過去的活動行程都是以參觀工廠或官方拜會為主，如果可以的話，也很想體驗Cool Japan的魅力。尤其是cosplay無論是在台灣或日本都非常受年輕人歡迎。	**王**：王です。いままでのプログラムは、工場見学（こうじょうけんがく）や公式訪問（こうしきほうもん）が中心だったんですが、できればクールジャパンの魅力（みりょく）も体験してみたいと思います。特にコスプレは台湾でも日本でも若者の間では人気ですね。
13	**佐藤**：ならばコスプレの交流会を開きましょう。うちの大学もコスプレのサークルがあって、今度日本に来たら、皆が自分で作ったコスプレ衣装（いしょう）で、一緒にパレードをしましょう。	**佐藤**：說的也是，我們可以來舉辦cosplay的交流會。我們大學裡也有cosplay的社團，下次大家來日本的時候，我們可以穿著自己做的cosplay服裝，大家一起來踩街。

14	また、日本の秋葉原にはユニークなオタクやフィギュアショップがたくさんあって、クールジャパンを体験するにはもってこいの場所ですよ。	還有在日本秋葉原有很多御宅族和公仔的特色專賣店，我想那是最適合體驗Cool Japan的地方。
15	**座長**：面白いご提案、どうもありがございます。ほかに何か補足とか、ご意見・ご感想のある方はいらっしゃいますか。どうぞ手を挙げてください。	**主席**：這個提案很有趣，謝謝您。其他還有要補充的嗎？其他如果有什麼意見或感想的話，麻煩舉手一下。
16	ほかにご意見がないようでしたら、ちょうど時間も参りましたので、今日はこれで終了します。皆様からいただいたご提案を当会で検討させていただきます。	如果沒有其他意見，剛好我們時間也到了。今天的討論就到此結束。各位的提案本會還會再進行討論。
17	皆様、どうもお疲れ様でした。このあと、夜6時から、案内状にある居酒屋で懇親会が開かれますので、どうぞこの会場の外にある送迎バスにご乗車し、移動お願いいたします。	各位辛苦了。接下來晚上6點，我們有安排懇親會，地點就在活動說明函上面寫的居酒屋，請各位搭乘會場外的接送專車，前往懇親會會場。

補足語句

1	質疑応答／Q＆A	問答時間／接受提問
2	話を手短にする	長話短說
3	時間をオーバーした／超えた	超過時間
4	メイドカフェ	女僕咖啡廳
5	立食形式での懇親会	自助餐式的懇親會
6	ディスカッションを通して交流する	透過討論來交流
7	茶道、箏曲、書道、華道を体験する	體驗茶道、琴曲、書法、插花
8	日本語漬けプログラム	全日語環境的活動行程
9	日台交流の懸け橋となる	成為台日交流的橋樑
10	サポートをする／行う	協助
11	家庭的な／アットホームな雰囲気	家庭式的氣氛
12	土地柄	風土民情
13	ふれあいの集い／親睦会で絆を強める	在交流會上加強情誼
14	海外研修を受け入れる	接納海外研習
15	国際災害援助隊を派遣する	派遣國際災害助援隊
16	非営利団体(NPO)、非政府組織(NGO)	非營利組織(NPO)、非政府組織(NGO)
17	官民連携で実施する	由政府與民間合作來實施
18	産官学が共同で開催する	產官學共同舉行

19 人材育成の手助けをする　協助人材培育

20 ブレーンストーミングでアイディアを絞る　以腦力激盪鎖定創意

参考文例

	原　文 (09-r01s~09-r17s)	訳文の一例 (09-r01t~09-r17t)
1	接下來進入提問時間（Q&A）如果有任何問題或意見，請舉手。	それでは質疑応答の時間に移ります。質問・コメントなどございましたら挙手をお願いします。
2	請先介紹您的所屬單位以及姓名，另外，發言內容請盡量簡短。	ご所属とお名前をお願いします。それから話は手短にお願いします。
3	還有來賓有其他意見嗎？	他のご意見をお持ちの方はいらっしゃいませんか。
4	我們時間只剩最後1分鐘了，請問還有其他問題或意見嗎？	残り1分ほどですが、ほかに質問・コメントはございませんか。
5	似乎還有人有問題，但因為時間有限的關係，我們就接受最後一個提問。	まだご質問があるようですが、時間の都合もありますので、最後の質問とさせていただきます。

6	現在已經超過預定時間，今天的活動就到此結束。	すでに予定の時間をオーバーしましたので、これで終了させていただきます。
7	為了對發表以及提問的各位貴賓表達感謝之意，請大家鼓掌。	発表された方々、そして質疑(しつぎ)にご協力いただいた方々に感謝し、拍手(はくしゅ)をお願いいたします。
8	我們要在女僕咖啡廳和日本的cosplay玩家進行交流。針對正宗的女僕咖啡廳料理和動漫這些話題想跟各位盡興地聊一聊。	メイドカフェで日本人コスプレイヤーと交流します。本物(ほんもの)のメイドカフェメニューやアニメの話で盛り上がりましょう。
9	最後以自助餐的方式進行懇親交流會，整個活動相當熱鬧。	最後に立食形式(りっしょくけいしき)の懇親会(こんしんかい)で交流を行い、賑やかなイベントとなりました。
10	日本各位朋友們都非常熱烈歡迎我們，大家一起聽課，享受了2天的留學生活。	日本の皆さんから温かい歓迎を受け、一緒に授業を聴講し、2日間の「留学」生活を楽しむことができました。
11	透過主題式討論，學生們加深了交流。	テーマに沿ったディスカッションを通して学生同士の交流を深めることができました。

12	我們體驗了茶道、箏曲、書道、還有花道等日本文化。	日本文化の体験として茶道(さどう)、箏曲(そうきょく)、書道(しょどう)、華道(かどう)を体験しました。
13	透過一整個禮拜全日語環境的行程，參加的人員們在增進對日語的興趣、加深對日本文化了解以後，大家心滿意足地回國了。	1週間の日本語漬けプログラムで、参加者はさらに日本語への興味と日本文化への理解を深めて帰国しました。
14	和台灣有邦交的國家不多，但是台灣依舊和許多國家進行觀光交流，並且透過體育、教育等維持友好親善關係。	台湾と国交のある国は多くないですが、いろんな国と観光振興やスポーツ、教育などを含む友好親善交流が続けられています。
15	希望能夠成為兩國交流的橋樑，針對體育、文化、藝術、觀光等各層面提供協助並且展開廣泛的活動。	両国の交流の懸け橋となり、スポーツ・文化・芸術・観光などあらゆる方面でサポートを行い、広範(こうはん)な活動を展開できればと願っています。
16	我們想探索什麼才是真正的交流，所以企劃、並舉辦了各種活動，也和政府單位合作來推動交流。	本当の意味での交流とは何かを模索(もさく)しながら、様々なイベントを企画・開催し、行政とも協力しながら交流を図っていきます。

17	有人招待我們參加台灣的研修旅行，增進了台日間相互了解，深化了彼此的交流。	台湾研修旅行に招待していただき、日台間の相互理解、相互交流を深めたものです。
18	我受邀前往台灣人的家庭，體驗了台灣家庭的氣氛。	台湾人の家にお招きいただき、台湾の家庭的な雰囲気も味わうことができました。
19	藉由這個機會，日本的年輕世代可以到當地的學校訪問，或是和日本統治時代受過日語教育的「台灣日語世代」交流，透過與各個不同年齡層的溝通，可以重新認識日本。	日本の若い世代が現地での学校訪問や、日本統治時代に日本語教育を受けた「台湾日本語世代」との交流など、幅広い年齢層の人々とのコミュニケーションを通して、外から日本を見つめ直す機会を提供します。

基本語句（答え合わせ）

2	寄付金（きふきん）を送（おく）る	捐款
3	現役（げんえき）で活躍（かつやく）する	還在第一線活躍
5	カルチャー・クリエイティブ産業	文創產業
6	大きなダメージを受けた	嚴重受損
10	ユニークなオタクやフィギュアショップ	獨特的宅店與公仔專賣店

MEMO

專欄9

口譯的笑話笑不出來

口譯場合經常會碰到講者滿口諺語、俗語，或引經據典，因此平時應多學習相關表現。若是拜會等輕鬆交流場合遇到不熟悉的表現，須冷靜藉前後文理解語義後適當譯出，避免因太拘泥譯詞而影響整體氣氛。而其中最棘手的莫過於笑話。由於文化不同，即使正確譯出也未必好笑。尤其是同步口譯中沒有多餘時間應變，這時有些資深譯者會以「講者正在說笑話」來博得同樣的“笑果”，一般而言，現場只能臨機應變，重點在於讓聽者感受到講者的心意。

單元 10　行程協調
ユニット 10　日程交渉

✤✤✤✤

練習目的

小導遊接機的對象多半爲首次見面之觀光客，介紹內容大致有固定模式。而本單元演練重點爲商務接機，口譯練習的內容主要爲商務行程之變更及確認。服務對象爲少數特定客戶，在工作性質上較類似隨行秘書，無論是否初次會晤，在應對上是否恰當都會影響後續商談結果，因此口譯員須審慎對應。

場面説明

内湖サイエンスパークにある台北いいものハイテク会社からの依頼で、通訳の卵は松山空港に日本からの取引先の出迎えに同行しました。

通訳の事前準備

1．ビジネス通訳をするうえで、お客様を空港まで出迎えたり、見送ったりすることがよくあります。その場面によく出てくる表現を予習しておきましょう。

2．尊敬語、謙遜語を復習して、場面にふさわしい使い方を心がけましょう

3．事前にもらった中国語の日程表を日本語に訳すようクライアントに頼まれました。

4．この日程表に基づいて出てきそうな会話を予測してみましょう。

行程表

11/9	至機場接機 中華航空　CI223　10：20抵達 　鈴木（すずき）社長　斎藤（さいとう）様　松山（まつやま）様 　中餐　台菜（飯店2樓） 14：00～　參觀工廠 　協商：交易條件、今後合作 18：30　黃老闆主辦之歡迎晚宴　鐵板燒
11/10	新機種研習 12：30～14：00　真好吃牛肉麵店 19：00　晚餐　小籠包店
11/11	9：00　基隆河沿岸騎自行車 11：30　退房 12：00～14：00　中餐　台北美食名店 14：00～　市內觀光 15：30～　前往機場 中華航空　CI222　18：25起飛

注：最終の日程表は「基本語句（答え合わせ）」の次に載せました。

基本語句

1	急用（きゅうよう）／急（きゅう）な用事（ようじ）	急事
2	心遣（こころづか）い／配慮（はいりょ）	________
3	日程表（にっていひょう）／スケジュールを組（く）み直（なお）す	重新安排行程表
4	無理（むり）を言（い）う	提出為難的要求
5	ホスト側（がわ）	主人、接待方
6	ラッシュアワー	交通尖峰時刻
7	道路（どうろ）が混雑（こんざつ）している／～が込（こ）んでいる	路上塞車
8	______条件（じょうけん）	交易條件
9	提携（ていけい）	合作
10	展示会（てんじかい）に______する	在展示會參展
11	日帰（ひがえ）りする	當天來回
12	随一（ずいいち）の店（みせ）	首屈一指的名店
13	________	腳底按摩
14	サイクリングする	騎腳踏車
15	散策（さんさく）する	散步
16	観覧車（かんらんしゃ）	摩天輪
17	サイエンスパーク	科學園區
18	______な／______なスケジュール	緊湊的／嚴刻的行程

基本文例

	原　文（10-g01s~10-g19s）	訳文の一例（10-g01t~10-g19t）
1	**陳**：抱歉，請問您是日本商社的人員嗎？我是台北好物高科技公司陳先生。我在研究開發部擔任部門經理的職位。我們老闆黃先生他有急事沒辦法過來，所以由我代替他來迎接各位。	**陳**：失礼ですが、日本商社の方でいらっしゃいますか。私は台北いいものハイテク会社の陳と申します。研究開発部の部長を務めております。社長の黄は急用で来られなくなったので、代わりにお迎えに参りました。
2	**鈴木**：初めまして、日本商社の鈴木です。どうぞよろしくお願いします。本日はわざわざ迎えに来ていただき、ありがとうございます。こちらは社員の斎藤と松山です。松山といえば、ちょうどこの空港の名前と一緒ですね。今回はこの三人がお世話になります。	**鈴木**：初次見面，請多多指教。感謝您今天特地來接機。我是日本商社鈴木。這兩個是我們的員工——齋藤跟松山。說到松山，還剛好跟機場同名呢！這一次我們三人要承蒙照顧了。
	（名刺交換をする）	（交換名片）
3	**鈴木**：いろいろお気遣いいただきありがとうございます。	**鈴木**：讓您費心了。

4	**陳**：（在車內）那麼我來發新的行程表，請各位各傳一張。先前我也用E-MAIL跟各位聯絡過好幾次，我們考量各位的需求，最後才安排了這個行程。	**陳：**（車内）それでは、新しい日程表をお配りしますので、一枚ずつ回してください。前もメールで何回かご連絡させていただきましたが、ご要望を含めまして、最終的にこのスケジュールに組み直してみました。
5	**鈴木：**それはどうも。いろいろとご無理を申し上げて申し訳ありません。	**鈴木**：謝謝，不好意思，給您添麻煩了。
6	**陳**：不會啊，難得各位來台灣，我們當主人的職責就是要讓各位滿意啊！	**陳：**いいえ、せっかくおいでになるのですから、ご満足いただけるよう努めるのがホスト側の私たちの務めです。
7	**鈴木：**それはどうもありがとうございます。	**鈴木**：十分感謝。
8	**陳**：從松山機場這邊到飯店開車大約十五分鐘，但是現在剛好是交通尖峰時刻，路上有一點塞車，所以會花比較久一點的時間。	**陳：**ここ松山空港からホテルまで車で15分ほどですが、今ちょうどラッシュアワーで道路が混雑しているので、もうちょっと時間がかかると思います。

9	**陳**：我們辦理飯店入住，接著用完中餐以後，會安排各位到工廠。下午兩點開始參觀工廠，然後我們再回到公司，針對貿易條件以及今後的合作方式來進行討論。	**陳：**ホテルにチェックインしてから昼食を済ませて、その後、工場までご案内いたします。午後2時から当社の工場をご案内いたしまして、その後、会社に戻って、取引条件や今後の提携についてお話しをさせていただきます。
10	**鈴木：**お話しの途中で申し訳ありません。今、台中で工作機械の展示会が開催されていると聞きましたが、今回新人社員も連れてきましたので、可能であれば、見学させたいと思っています。	**鈴木**：不好意思打斷您。聽說現在台中剛好有個工具機展，我這次也帶了新進員工過來，如果可以的話，想讓他們去看看。
11	**陳**：好的。我們也有在工具機展參展，敬請各位指教。那麼10號星期三我們當天就台北台中來回吧。	**陳：**承知いたしました。当社もその展示会に出展しておりますので、ぜひご指導、ご指摘をいただけたらと思います。それでは、10日の水曜日に、日帰りで台中にご案内しましょう。

12	**陳**：來回搭高鐵，票我們會準備好。10號早上9點我們會在飯店大廳等候各位。	**陳**：新幹線で移動することになりますので、チケットはこちらで手配します。10日は朝9時にホテルのロビーでお待ちしています。
13	**陳**：參觀完工具機展以後，傍晚6點半左右我們會回到台北，然後去先前我跟各位提過的著名小籠包店來用晚餐。	**陳**：そして、夕方6時半ぐらいに台北に戻ってきて、例の有名な小籠包の店で夕食をとりましょう。
14	**陳**：然後，再帶各位到台北市內最有名的腳底按摩店來按摩吧！因為逛工具機展會逛很久，腳會很酸。	**陳**：その後、台北市内で随一の足裏マッサージのお店にご案内いたしましょうか。展示会ではたぶん長時間歩き回ることになりますし、足が疲れてしまいますから。
15	**鈴木**：それはありがたいですね。	**鈴木**：那真是太感謝了。
16	**陳**：最後一天11號原本在各位回國之前安排在基隆河沿岸騎腳踏車以及到市區觀光，那麼我們就稍做變更。	**陳**：最終日の11日はもともと帰国される前に基隆川沿岸でのサイクリングや市内観光を予定していましたが、それをちょっと変更いたします。

17	**陳**：9號晚上先在基隆河沿岸散步，欣賞附近的摩天輪以及內湖科學園區的夜景。11號早上9點，請各位先辦完退房手續以後，9點半到下午3點半在我們公司進行新機種的研習。	**陳**：まず9日の夜に基隆川沿岸を散策し、近くの観覧車と内湖サイエンスパークの夜景を鑑賞していただきます。11日は9時にチェックアウト手続きを済ませた後、9時半から午後3時半まで弊社で新機種の研修をしていたただきます。
18	**陳**：在那之後，三點半我們再出發去機場。這樣行程會變得很緊湊，調整成這樣可以嗎？	**陳**：3時半には空港へ出発します。ハードなスケジュールになりますが、このような調整でいかがでしょうか。
19	**鈴木**：そうしましょう。何から何までご配慮いただき、恐れ入ります。	**鈴木**：就這樣吧！讓您太費心了，真是不好意思。

補足語句

1	首を長くして待つ／待ち望む	期盼已久
2	お迎えに上がる／～に参る	前往迎接
3	お手元に配る	發至各位手邊
4	要望を聞かせてほしい／ ～を受け止める	想聽聽看您的需求／ 接受各位的需求
5	お礼の言葉もない	不知如何言謝
6	行き届いたおもてなし／ ～ご手配	周到的招待／ ～的安排
7	日にちを延ばす／ 滞在を延長する	延長天數／ 延長停留
8	断念する／諦める	放棄
9	フリータイムを入れる	加排自由活動時間
10	名残惜しい	依依不捨

参考文例

	原　文（10-r01s~10-r18s）	訳文の一例（10-r01t~10-r18t）
1	**陳**：由衷感謝貴公司對我們公司的愛顧。聽說鈴木社長每年會來台灣好幾次，齋藤小姐跟松山先生是第一次來台灣嗎？	**陳**：いつもご愛顧いただき、心から感謝しております。鈴木社長は毎年何回も台湾においでになっていると伺っておりますが、斎藤様と松山様は初めてでいらっしゃいますか。
2	**斎藤と松山**：ええ、初めてです。どうぞよろしくお願いいたします。	**齋藤與松山**：對，第一次來台灣。請多多指教。
3	**陳**：希望兩位能籍由這次機會喜歡上台灣。各位搭的是今天一大早的航班，想必應該很累了吧？	**陳**：今回を機に、台湾のことを好きになっていただければ嬉しいです。今朝一番のフライトだったので、さぞお疲れになったでしょう。
4	**鈴木**：いいえ。今朝は5時に空港で集合しましたけど、黄社長をはじめ、台湾の皆さんに再びお会いできることを大変楽しみにしていましたので、疲れなどぜんぜん感じません。	**鈴木**：不會，今天早上我們5點就在機場集合了，但是我們都很期待能再次見到黃老闆以及台灣的朋友們，所以根本不會覺得累。

5	**陳**：那太好了。那我們帶各位到飯店。我們有安排車子，請往這邊。	**陳**：それはよかったです。それでは、まずホテルまでご案内します。車を手配しておりますので、どうぞこちらへ。
6	**鈴木**：いろいろお心遣いをしていただきありがとうございます。	**鈴木**：讓您費心了。
7	**陳**：我們翹首以待各位來訪。請上車，我們將送各位到飯店。	**陳**：皆様のご来訪を、首を長くしてお待ちしておりました。どうぞ車にお乗りになってください。ホテルまでお送りいたします。
8	**陳**：敝公司黃老闆因為要主持預算會議，所以沒有辦法前來迎接各位，可是他會在飯店等候各位。	**陳**：社長の黄は予算会議を仕切らなければならないので、お迎えに上がれませんでしたが、ホテルで皆様をお待ちしております。
9	**お客様**：これからいろいろとご迷惑をおかけいたします。 **出迎え側**：どうぞお気になさらないでください。	**客人**：這幾天承蒙各位關照了。 **迎接方**：請不用客氣。
10	大雪で飛行機の出発時間が3時間も遅れてしまい、皆様には大変お待たせいたしました。誠に申し訳ございません。	飛機因為下大雪而延後三小時才起飛，讓各位旅客久等了，真是萬分抱歉。

11	お手元に配りましたスケジュール表についてご説明いたします。何かご要望がありましたら、どうぞご遠慮なくおっしゃってください。	我來為各位說明方才發下的行程表。如果各位有什麼需求，不用客氣，請儘管說。
12	もし予定通りに行かなかった場合、もう二日(ふつか)ぐらい延ばしたいと思うのですが、御社のご都合はいかがですか。	如果無法依預定行程進行，就再延後兩天，貴公司方便嗎？
13	スケジュールについて、いろいろとこちらの勝手を申し上げて申し訳ありません。	行程方面，因為我方的狀況提了許多要求，非常抱歉。
14	一度は行ってみたいものですが、スケジュールが合わず、今回は断念せざるを得ません。	我是想去看看，但是行程無法配合，這次就只好放棄了。
15	A：フリータイムを入れたいので、予定を早めに切り上げていただけますか。 B：では、故宮博物院(こきゅうはくぶついん)での見学時間(けんがくじかん)を短縮(たんしゅく)いたしましょう。	A：我們想排進一些自由時間，能麻煩你把預定的行程提早結束嗎？ B：那麼我們就縮短參觀故宮的時間吧！

16	A：ご滞在中、至らないことも多く、誠に申し訳ありませんでした。 B：いえいえ、今回のスケジュールには大変満足しております。	A：您來日本的這幾天，我們有很多地方都照顧不周，十分抱歉。 B：哪裏哪裏。我們非常滿意這次的行程。
17	A：この度、行き届いたおもてなしを賜り、心より感謝を申し上げます。お忙しいでしょうから、お見送りは結構です。 B：では、お気をつけてお帰りになってください	A：這一次受到您無微不至的款待，我們由衷感謝。您應該很忙，所以請留步。 B：那麼敬祝各位平安歸國。
18	A：わざわざお見送りに来ていただき、ありがとうございます。台湾滞在中、大変なおもてなしをいただき、本当にお礼の言葉もございません。 B：本当に名残惜しく存じます。快適なフライトでありますように。	A：感謝您特地前來送機。在台灣停留期間，受到您十分熱情的招待，真的很感謝您。 B：離別之際真是令人依依不捨。敬祝各位一路順風。

最終の日程表

11/9	空港までお出迎え チャイナエアライン　CI223　10：20着 　鈴木（すずき）社長　斎藤（さいとう）様　松山（まつやま）様 　昼食　台湾料理（ホテル2階） 14：00～　工場見学 　打ち合わせ：取引条件・今後の提携 18：30　黄社長主催の歓迎晩餐会　鉄板焼き
11/10	新機種研修 12：30~14：00　おいしいビーフラーメン屋 変更後： 台中工作機械展示会 9：00　ホテルロビーで集合 新幹線　117号　9：31発　10：18台中着 昼食　台中新幹線駅内のレストラン 帰り：新幹線　144号　17：39発　18：28台北着 夕食　小籠包の店

11/11	9：00　基隆川沿岸サイクリング 11：30　ホテルチェックアウト 12：00～14：00　昼食　台北グルメ名店 14：00～　市内観光 15：30～　空港までお見送り 変更後： 9：00　ホテルチェックアウト 9：30～15：30　新機種研修 　昼食はお弁当 チャイナエアライン　CI222　18：25発

基本語句（答え合わせ）

2	心遣い（こころづかい）／配慮（はいりょ）	費心
8	取引条件（とりひきじょうけん）	交易條件
10	展示会（てんじかい）に出展（しゅってん）する	在展示會參展
13	足裏（あしうら）マッサージ	腳底按摩
18	ハードな～／過酷（かこく）なスケジュール	緊湊的／嚴刻的行程

MEMO

專欄10 ☆

第一人稱或第三人稱

進行口譯時究竟該採第一或第三人稱表達？一般而言，若是研討會等大型會議，口譯員會以講者立場採第一人稱。畢竟口譯員只是講者的替身，若採第三人稱不免有喧賓奪主之嫌。但若是有多方同桌討論時，全部以第一人稱就難免容易造成混淆，這時會採用第三人稱。或是避免使用令人有疏離感的「他」，可以說「張教授認為」、「小林社長的意見是」。

單元 11　醫療口譯

ユニット 11　医療通訳

✤✤✤✤

練習目的

本單元將練習口譯員協助醫生與病人溝通的問診口譯，有別於醫療議題之會議口譯。隨著國際間人員往來移動頻繁，因應突發疾病或高端健檢、醫美等需求，問診口譯近來廣受矚目。這類口譯，如果是逐步口譯的話，最好採取短逐步，內容務必力求精確。

場面說明

仕事で台湾に来ている山本誠司（やまもとせいじ）さんが夜中に急に具合が悪くなり、一晩休んでもよくならないので、通訳の卵の付き添いで、近くのクリニックで受診しました。

通訳の事前準備

1. 患者さんにはいつからどのような症状が出たかを確認しておきましょう。

2. 診療室でお医者さんに聞かれそうなことを考えてみましょう。

3. よく耳にする症状や検査方法、治療法、副作用などについて調べておきましょう。

基本語句

1	問診票（もんしんひょう）／カルテ	問診表／病歷
2	寒気（さむけ）がする	打寒顫
3	38度（ど）2分（ぶ）	38度2（38.2度）
4	脈拍（みゃくはく）を測る	量脈搏
5	工作機械見本市（こうさくきかいみほんいち）	工具機展
6	同業組合（どうぎょうくみあい）	同業工會
7	クリニック	診所
8	胃腸（いちょう）の働きを整（ととの）える	調整腸胃功能

基本文例

	原　文（11-g01s~11-g18s）	訳文の一例（11-g01t~11-g18t）
1	**醫生**：（看著病人問診表）山本誠司先生，現在身體感覺怎麼樣？	**医者**：（問診票（もんしんひょう）を見ながら）山本誠司（やまもとせいじ）さんですね。今の具合はどうですか。
2	**山本**：昨日の夜中（よなか）に急に寒気（さむけ）がして、一晩中何度もトイレにいきました。また、ちょっと水を飲んだらすぐに吐いてしまい、今は全身（ぜんしん）がだるくて、全然力が入らないんです。	**山本**：昨天半夜突然全身發冷，一整晚跑了好幾次廁所。而且只要一喝水馬上就吐出來，現在全身倦怠，都沒有力氣。
3	**醫生**：有發燒嗎？感覺有食慾嗎？	**医者**：熱はありますか。食欲（しょくよく）はどうですか。

4	**山本**：はじめは微熱だったのですが、今朝、熱を測ってみたら、38度2分でした。食欲がなく、喉も痛いし、食べられませんでした。	**山本**：剛開始有一點熱熱的，今天早上量一下發現有38.2度。現在都沒有食慾，喉嚨痛、食不下嚥。
5	**醫生**：是哦！剛才幫您量血壓和脈搏，看起來都很穩定，山本先生您是什麼時候來台灣的？來做什麼呢？	**医者**：なるほど。先ほど、血圧や脈拍を測ったところ、安定しているようです。山本さんはいつ、何のために台湾に来られたんですか。
6	**山本**：工作機械の見本市に参加するため、大阪同業組合の仲間と一緒に4泊5日で台湾に来ました。今日は4日目です。	**山本**：我是為了參加國際工具機展和大阪同業工會一起來，準備停留5天4夜。今天是第四天。
7	**醫生**：昨晚吃了什麼呢？	**医者**：夕べ、何を食べましたか。
8	**山本**：夕べ、仕事のあとに取引先の誘いで、激辛鍋を食べました。とても辛くて美味しかったので、たくさん食べました。そして、皆さんから勧められて、台湾の紹興酒もかなり飲みました。	**山本**：昨晚，工作結束後客戶邀請我去吃麻辣鍋，非常辣但很好吃，所以我吃了很多。另外，大家一直勸酒，所以我也喝了不少紹興酒。

9	**醫生**：您目前有在吃什麼藥或是看門診嗎？	**医者**：いま何かお薬を飲んだり、病院に通ったりしていないですか。
10	**山本**：今までは風邪も引かないぐらいとても元気でした。薬も何も飲んでないです。先生、私は精密検査(せいみつけんさ)を受ける必要がありますか。	**山本**：過去其實不太會感冒，身體非常好，並沒有在使用藥物或任何東西。醫生，我需要進一步做精密檢查嗎？
11	**醫生**：我們診所沒有內視鏡等設備，如果想接受進一步檢查，我可以介紹你去市區裏的大學附設醫院。不過，目前看來應該還不需要做精密檢查。	**医者**：うちのクリニックには内視鏡(ないしきょう)などの設備はないですが、お受けになりたいなら、市内の大学病院を紹介します。ただ、今のところ、精密検査をする必要はないと思います。
12	**山本**：そうですか。ならば少し安心しました。	**山本**：是嗎。這樣我就比較放心了。
13	**醫生**：可能是工作勞累，加上平時不習慣吃辣，一下子吃太多所導致的。我幫您開一些可以緩和症狀的藥物。您過去有用藥過敏的現象嗎？	**医者**：恐らく仕事の疲れに加えて、食べ慣れない辛いものを食べ過ぎたのが原因でしょう。症状(しょうじょう)を緩和(かんわ)する薬を処方(しょほう)します。薬でアレルギーを起こしたことはありますか。

14	**山本**：いいえ、これまでないです。	**山本**：沒有，到目前為止都沒有問題。
15	**醫生**：好，這是處方箋，稍後護士會為您說明服藥的方法。多保重了。	**医者**：はい、これが処方箋(しょほうせん)です。薬の飲み方に関しては、あとで看護士のほうから説明します。それでは、お大事に。
16	**護士**：這是三天份的藥。這藥可以調節胃腸功能，一天吃三次，飯後服用。	**看護士**：お薬が三日分(みっかぶん)出ています。この薬は胃腸(いちょう)の働きを整(ととの)えるお薬です。一日三回食後に飲んでください。
17	**護士**：如果兩三天後症狀還是沒有改善，您要再去看醫生哦！	**看護士**：2、3日して症状がよくならない場合は、またお医者さんにかかってください。
18	**山本**：ありがとうございました。	**山本**：謝謝。

補足語句

1	ジョギング／サイクリング	慢跑／騎自行車
2	有酸素運動(ゆうさんそうんどう)	有氧運動
3	レントゲンを撮(と)る	照X光片

4	息(いき)を吸(す)い込(こ)む／止(と)める／吐(は)き切(き)る	吸氣／憋氣／把氣吐盡
5	採血(さいけつ)する	抽血
6	アルコール綿(めん)で皮膚(ひふ)がかぶれる	因為酒精棉花而引發皮膚紅腫
7	親指(おやゆび)／掌(てのひら)	大姆指／手掌
8	針(はり)を刺(さ)す	針刺下去
9	胃(い)カメラ検査を行う	照胃鏡
10	腹部(ふくぶ)エコー	腹部超音波
11	下剤(げざい)	排便劑
12	CT／コンピューター断層撮影法(だんそうさつえいほう)	CT／電腦斷層掃描
13	造影剤(ぞうえいざい)を注射(ちゅうしゃ)する	注射顯影劑
14	吐(は)き気(け)／眩暈(めまい)がする	噁心／暈眩
15	MRI／磁気共鳴映像法(じききょうめいえいぞうほう)	MRI／核磁共振
16	健康診断(けんこうしんだん)／人間(にんげん)ドックを受ける	接受健康檢查／精密健檢
17	自覚症状(じかくしょうじょう)がない	沒感覺有任何症狀
18	くしゃみ／しゃっくりが出る	打噴嚏／打嗝
19	便通(べんつう)は異常(いじょう)なし	排便正常
20	頭全体が割(わ)れるように痛い	頭痛欲裂
21	四肢(しし)の関節(かんせつ)と筋肉(きんにく)が痛む	四肢關節及筋肉會痛

参考文例

	原　文 (11-r01s~11-r15s)	訳文の一例 (11-r01t~11-r15t)
1	1週間前から腹部(ふくぶ)不快感(ふかいかん)、食欲(しょくよく)不振(ふしん)、全身倦怠(ぜんしんけんたい)などの症状があります。	一個禮拜前就覺得肚子不舒服，食慾不振，全身倦怠。
2	糖尿病(とうにょうびょう)の治療(ちりょう)は食事療法(しょくじりょうほう)が基本です。まずは食事や運動で血糖をコントロールしていきましょう。	治療糖尿病最基本的就是採用飲食療法。就先透過飲食和運動來控制血糖吧！
3	運動療法にはジョギング、水泳やサイクリングなど全身の筋肉(きんにく)を使う有酸素(ゆうさんそ)運動が効果的です。	運動療法裏，就以慢跑、游泳、騎腳踏車等會用到肌肉的有氧運動最有效。
4	妊娠(にんしん)などされていませんよね。今からレントゲンを撮ります。足を肩幅(かたはば)ぐらい開(ひら)いて、機械の前に立ってください。	您沒有懷孕吧！接下來要照X光，請站在機器的前方，雙腳打開和肩膀同寬。
5	では撮影を始めます。息を吸い込んでから、しっかり止めてください。	好，要開始拍了。請先吸氣，然後憋住氣。

6	今日は糖尿病の合併症（がっぺいしょう）があるかないかを確認するため、眼底検（がんていけん）査（さ）、心電図（しんでんず）、そして尿検査（にょうけんさ）をします。	今天先要確認有沒有罹患糖尿病引起的併發症，所以要做眼底檢查以及心電圖、尿液檢查。
7	この処方箋（しょほうせん）を持って、4日以内に近くの薬局から薬をもらってください。4日を過ぎたら無効（むこう）になりますので、気をつけてください。	請在四天以內拿這張處方箋到附近的藥局拿藥。如果超過四天（這張處方箋）就無效了，請注意。
8	これから採血（さいけつ）します。今までに採血や注射（ちゅうしゃ）で気分が悪くなったりしたことがありますか。またアルコール綿（めん）で皮膚（ひふ）がかぶれたことがありますか。	接下來要抽血。您過去曾經因為抽血或打針而感到不舒服嗎？或者有沒有擦酒精棉花而引起皮膚紅腫？
9	親指（おやゆび）を掌（てのひら）の中に入れて握ってください。針（はり）を刺（さ）したとき、ちょっと痛みがありますが、動かないでください。	請按住拇指，握緊拳頭。針刺下去的時候會有一點痛，請不要動。
10	きょうは胃（い）カメラ検査を行います。検査中はリラックスして、鼻から息を吸って、口から吐いていただくと楽になります。	今天要照胃鏡，檢查的時候請放輕鬆。用鼻子吸氣、嘴巴吐氣，這樣會覺得比較舒服。

11	腹部エコーは、超音波を腹部に当てて、腹部の内部の様子を見る検査です。検査中に、お腹を膨らませて、へこませてと声をかけますので、指示に従ってください。	腹部超音波就是把超音波貼在腹部上來檢查肚子內部的狀況。檢查的時候，會請您吸氣把肚子鼓起來，或者請您把氣吐光，請依照指示進行。
12	大腸内視鏡検査は、カメラを肛門から入れて、一番奥の盲腸から肛門までを見る検査です。	做大腸內視鏡就是把內視鏡從肛門插入，來檢查最裡面的盲腸到肛門之間腸子的狀況。
13	検査をする前に下剤を使います。大腸の中に便が残ると、異常なところを見落としたりして、正確な検査ができません。	進行檢查以前會使用排便劑。如果大腸裡面還有糞便殘留，出現異常的地方很可能會無法看到，而無法正確檢查。
14	CT、コンピューター断層撮影法で検査する前に、造影剤を注射します。人によっては吐き気などの症状が出ます。	進行CT電腦斷層掃描以前要先打顯影劑，有的人會因此而有噁心等症狀。
15	MRI、磁気共鳴映像法で検査する場合、X線やCTのように放射線の心配はないですが、検査時間が長く、費用も高いです。	用MRI核磁共振檢查的話，不用擔心像X光或CT電腦斷層掃描那樣會有輻射線，但是檢查時間會比較久，費用也較高。

MEMO

專欄11 ☆

口譯工作的樂趣

口譯員需經歷長期的養成而每次事前準備也不輕鬆，但相對的則有機會接觸各領域專家、到一般人無法進入的地方，經歷特殊的體驗。而工作中雖然需要高度集中並充滿緊張感，但相對工時較短有更多自由時間，而且透過準備，時時吸收最先進的學術與技術，可說是非常刺激而有趣。

單元 12 採訪口譯
ユニット 12 取材通訳

✤✤✤✤

練習目的

台日兩地媒體互訪密切，採訪口譯需求也相當多。採訪時媒體有平面與電子之分。一般平面媒體以訊息爲主軸，採訪時可採長逐步，以有效縮短採訪時間。而電子媒體須後製剪輯訪談，口譯長度不可太短或太長，每段以15～20秒爲宜。此外，受訪者會在問答時，習慣目視口譯員，口譯員最好站在記者身旁或緊靠攝影機鏡頭處，以便導引受訪者視線目視攝影機鏡頭。在受訪者答話時，口譯員最好不要插入應答詞或插話，以利後製編輯。

場面說明

日本を訪れる中国人の爆買(ばくが)いが注目される中、その理由やターゲット商品を視聴者(しちょうしゃ)に紹介するため、Fテレビが日本旅行中の通訳の卵に通訳を依頼し、中国人の買い物客を対象にインタビューを行いました。番組は生放送ではなく、編集してから放送されるものです。

通訳の事前準備

1．テレビ取材の時、通訳者はどんな事に注意しなければならないかを考えてみましょう。

2．今回取材する話題について、出てきそうな質問や答えを調べましょう。

3．インタビューの対象から情報を聞き出す言い回しについて集めましょう。

基本語句

1	______________________	藥妝店
2	嵩張(かさば)らない	不佔空間
3	品揃(しなぞろ)えが豊富(ほうふ)だ	______________________
4	手頃(てごろ)な商品	平價商品
5	ヒアルロン酸(さん)	玻尿酸
6	肌がプルプルになる	肌膚變水嫩
7	ファンデーション	粉底
8	______________________	防曬
9	マスカラ	睫毛膏
10	アイシャドウ	眼影
11	売(う)れ筋(すじ)商品	暢銷商品
12	__________剤(ざい)	維他命劑
13	______________________	步調很快
14	温水洗浄便座(おんすいせんじょうべんざ)（ウォシュレット）	溫水免治馬桶
15	電気炊飯器(でんきすいはんき)	電子鍋
16	魔法瓶(まほうびん)	熱水瓶

基本文例

	原　文 (12-g01s~12-g20s)	訳文の一例 (12-g01t~12-g20t)
1	**記者**：ドラッグストアから出てきた二人の30代の女性にインタビューをお願いしました。	**記者**：有兩位30來歲的女性從藥妝店走出來，我們來邀請她們接受採訪。
2	日本に来て、皆さんはよく医薬品(いやくひん)を買い求めますが、それはなぜでしょうか。	聽說各位來日本常會來買醫藥用品，請問這是為什麼呢？
3	**女1**：因為日本的醫藥用品讓人放心又安全，而且價格便宜，攜帶方便又不佔空間，可以大量買來當伴手禮送人。	**女1**：日本の医薬品は安心安全で、値段も安く嵩張(かさば)らないので、大量に買ってお土産にもしています。
4	**女2**：在中國，藥品價格較貴，而且種類也不多。日本的藥妝品商店種類非常豐富，而且聽導遊說，因為這裡的店家很多，大家會低價競爭，所以買起來很划算。	**女2**：中国では薬は値段が高く、種類も少ないですが、日本のドラッグストアは商品の種類が豊富です。しかもガイドから聞いたのですが、ここは店が多くて価格競争も激しいから、お買い得なんだそうです。
5	**記者**：ご自身、または知り合いの間で、特に人気な商品は何ですか。	**記者**：您本身或是您朋友之間特別喜歡哪些商品？

6	**女1**：對啊，我這次買了20盒感冒藥。這是常備藥品，放個2、3年也不會壞。還有一部分是公司同事拜託要買的，其他的就帶回老家當禮物送人。	女1：そうですね。今回、風邪薬を20箱買いました。常備薬だし、2、3年置いても大丈夫です。一部は会社の仲間から頼まれたのですが、あとは実家へのお土産にしようと思っています。
7	**女1**：還有，日本是化妝品王國，產品種類齊全，平價商品就很受歡迎，最適合買來當禮物送人。	女1：それから日本は化粧品天国で、品揃えが豊富です。手頃な商品でも喜ばれるから、お土産には最高です。
8	記者：そうですか。ちなみに、今日はどんな化粧品を買いましたか。	**記者**：是這樣啊！那麼你們今天買了哪些化妝品呢？
9	**女1**：我買了三瓶保濕化妝水，中國店員跟我說，這牌子的化妝水含有豐富的玻尿酸，洗臉後擦，肌膚就會非常水嫩。	女1：保湿化粧水を3本買いました。このブランドの化粧水にはヒアルロン酸がたっぷり入っていて、洗顔のあとにつけると、肌がプルプルになると、中国人の店員さんが言っていました。

10	**女1**：還有，這是新上市的粉底，因為含有防曬成份，外出時只要這一瓶就足夠了。既然要買，新商品絕對不可錯過。	**女1**：それから、これは新発売のファンデーションで、日焼け止めの成分も入っているので、出かけるときはこれだけで十分だそうです。せっかく買うなら、新商品が絶対いいです。
11	**女2**：我喜歡強調眼部化妝，這次買了三個不同廠牌的睫毛膏和眼影。我試了試用品，感覺每一種都很有特色，每個都很喜歡，所以就全買了。	**女2**：私は特にアイメイクを強調したいので、今回は違うメーカーのマスカラとアイシャドウを三種類ずつ買いました。試供品を試してみたら、それぞれに特徴があって、どれも好きなので、全部買いました。
12	**記者**：ちなみに、さっき店員さんに聞いたら、この店の売れ筋商品はビタミン剤のようですが、皆さんは興味ないんですか。	**記者**：剛才訪問店員時，她們說她們這間店裡最暢銷的商品好像是維他命，各位不感興趣嗎？
13	**女2**：當然有。包括朋友託買的，總共買了12盒維他命B。	**女2**：もちろんあります。友人に頼まれたのを含めて、ビタミンBを12個も買いました。

	畢竟現在中國社會大家生活步調也變快了，很多人會感到疲勞，所以每次來日本都有人託買。	今、中国でも生活のテンポが速くなって、疲れを感じている人がいっぱいいますから。日本に来るたびに、誰かしらに頼まれるんです。
14	**記者**：日本の電化製品も中国でかなり人気だそうですが、皆さんはどう思いますか。	**記者**：日本家電產品聽說也很受歡迎，你們認為如何呢？
15	**女2**：對啊，我最想買的是溫水自動免治馬桶。我爸媽已經年紀大了，冬天馬桶座太冰，容易造成心臟負擔，產生危險。另外，家裡放個這種馬桶，客人來的時候也比較有面子。	**女2**：ええ。私の場合、一番買いたいのは温水洗浄便座です。親はもう歳なので、冬の便座は冷たくて心臓に負担がかかって危ないです。あと、家にこれがあると、お客さんが来たときに、ちょっと自慢になりますよね。
16	**女1**：對了，還有電子鍋等家電產品也超讚的。這次我只買了一個，有點後悔。還有，日本熱水瓶的保溫效果超好的，有了這個，隨時都可以享受熱騰騰的咖啡了。	**女1**：そう言えば、電気炊飯器などの家電製品も素晴らしい。今回一つしか買わなかったので後悔しています。あと、日本の魔法瓶の保温力は本当にすごいです。これがあれば、どこでも熱いコーヒーが飲めます。

17	**記者：**お店での滞在時間が短いのに、短時間でお目(め)当(あ)ての商品をゲットできたのは、事前(じぜん)に情報(じょうほう)を集めているからですよね。	**記者**：各位在店裡停留的時間很短，卻可以在短時間內找到目標商品，請問是不是事前有收集資料呢？
18	**女1**：對啊，來日本之前，就會跟朋友打聽消息，或是從SNS上收集資訊。	**女1：**はい、日本に来る前に知り合いから聞いたり、SNSなどで情報をチェックしてきました。
19	**女2**：網路留言版上有「日本必買12種神藥」的訊息可以參考，然後在店裡還可利用智慧型手機搜尋店家提供的最新訊息，所以採購起來既方便又有效率。	**女2：**ネットには「日本で買うべき神薬(しんやく)12選(せん)」などの書き込みがあって、それを参考にしました。お店でもスマートフォンを使って、最新情報がチェックできるので、効率的に買い物ができるんです。
20	**記者：**なるほど。アンケート調査でも、皆さんのお買い物トップ３は化粧品、ビタミン剤、そして家電製品という順番になっていますが、今日皆さんのお話からもよく分かりました。今日はご協力ありがとうございました。	**記者**：原來如此。問卷調查也顯示，各位最愛購買的商品前三名分別是化妝品、維他命還有家電產品，今天經由兩位的說明我們就更清楚狀況了。今天很感謝兩位接受我們的採訪。

補足語句（テレビ番組の関連用語）

1	単独（たんどく）インタビュー／記者会見	專訪／記者會
2	スクープ／特種（とくだね）（特（とく）ダネ）	獨家
3	ぶら下（さ）がり取材（しゅざい）	非正式採訪
4	街（まち）の声（こえ）を聞（き）く／街頭（がいとう）インタビュー	街頭採訪
5	生中継（なまちゅうけい）／生放送（なまほうそう）	現場轉播／現場播出
6	ドキュメンタリー／特集（とくしゅう）	紀錄片／專題報導
7	ブレーキング・ニュース／速報（そくほう）	新聞快報
8	キャスター（アンカー）／アナウンサー	主播／播音員
9	レポーター／記者（きしゃ）	記者
10	プロデューサー／ディレクター	製作人／執行製作
11	カメラマン／音声（おんせい）／照明（しょうめい）	攝影師／音效／燈光
12	取材対象者（しゅざいたいしょうしゃ）／質問票（しつもんひょう）	受訪者／訪綱
13	バラエティ番組／情報番組（じょうほうばんぐみ）	綜藝節目／資訊性節目
14	サブ／スタジオ	副控室／攝影棚
15	地上波局（ちじょうはきょく）／ケーブル局	無線電視台／有線電視台
16	公共放送（こうきょうほうそう）／民間放送（みんかんほうそう）（民放（みんぽう））	公共廣播／商業廣播
17	ネットテレビ／衛星放送（えいせいほうそう）	網路電視／衛星電視

参考文例

	原　文 (12-r01s~12-r26s)	訳文の一例 (12-r01t~12-r26t)
	冒頭の挨拶	**開頭致意**
1	お忙しいところすみませんが、恐縮ですが、申し訳ありませんが、ちょっとお話をうかがってもいいですか？ ・少しお時間をいただいてもよろしいでしょうか？ ・取材にご協力いただけないでしょうか？	非常抱歉，在您百忙之中打擾您、很抱歉，打擾一下、可以跟您請教一下嗎？ • 可以打擾您一點時間嗎？ • 可以請您接受我們採訪嗎？
2	本日はお忙しい中、リハーサルの合間(あいま)を縫(ぬ)ってインタビューにお答えいただき、誠にありがとうございます。	非常感謝您在百忙之中，趁著排練的空檔，接受我們的訪問。
	紹介／説明	**介紹／說明**
3	日本生産力本部はどんな団体ですか？それについて、ご紹介ください。 ・ご紹介くださいますか。 ・ご紹介いただけますか。	日本生產力總部是個什麼樣的團體，是否請您介紹一下。

4	最近日本社会でも「貧富格差」が広がりつつあるそうですが、それについて話していただけませんか。 ・お話しいただけますか。 ・お話しを伺えますか。	聽說最近日本社會貧富差距也逐漸擴大，能否請您針對這點談一下。
5	まず、本の内容について一言ご説明いただけますでしょうか。	首先，是否可以針對這本書的內容，稍微為我們說明一下。
6	御社の強みについてお伺いします。伺いたいと思います。	想請問您，貴公司的優勢是什麼？
	意見／見方	**意見／觀點**
7	テレビの取材ですが、今築地市場の移転問題について街の声を聞いています。お話やご意見を伺ってもいいですか？	我們正在進行電視採訪，針對最近築地市場遷移的問題，想了解大衆的想法，是否也可以請您談談您的看法。
8	今の年金改革について、お考えやご意見をお聞かせください。	關於現在的年金改革，想請問您有何看法（意見）。
9	現在高騰している株式市場について、どうお考えですか。 ・どう思われますか。	對於最近股市非常熱絡，您有什麼想法嗎？

10	どうすれば、双方の交流が一層深められるかについて、ぜひご意見をお願いします。 ・ぜひご意見を伺いたいのですが。	如何才能促進雙方進一步的交流呢？很想聽聽您的看法。 • 非常希望聽聽看您的意見。
11	この新メニューについて、お客さまの反響(はんきょう)はいかがですか。	對於這份新菜單，客人反應如何？
12	ついに三連覇(さんれんぱ)を達成(たっせい)されましたが、今後どのような計画がおありでしょうか。	終於達成三連霸，請問您今後還有什麼計劃嗎？
13	無料(むりょう)サイトを始めた（始められた）きっかけは。	請問您為何會推出這種免費網站？
14	現代の30代にとってこの本が必要だと思う（思われる）理由は何ですか。	您認為為什麼現代30歲的族群，需要讀這本書呢？
	感想／印象	感想／印象
15	台湾は初めてだそうですが、どんな印象をお持ちになりましたか。	聽說您是第一次來台灣，請問現在對台灣有什麼印象呢？
16	台湾オペラについて、どのような感想をお持ちですか。	請問您對台灣歌仔戲有什麼感想？

17	主演になられてから、仕事に対する考えに何か変化はありましたか。	您在擔綱演出主角以後，您對工作的看法有什麼改變嗎？
18	台湾のどんな面に、特に興味(きょうみ)を持(も)たれましたか。	您對台灣哪個層面最感興趣呢？
19	合弁会社(ごうべんがいしゃ)の設立(せつりつ)をついに実現されましたが、今どんなご心境(しんきょう)ですか。	成立合資企業的願望終於實現了，您現在心情如何？
20	その本のどのあたりに感銘(かんめい)を受(う)けましたか。（受けられましたか）	這本書最令您感動的是哪個部分？
	期待／雑談	**期許／雜談**
21	声優として、今後はどのような目標をお持ちですか。	身為聲優，您未來有何目標？
22	教壇(きょうだん)にも立(た)たれていると伺いましたが、二つの仕事を両立(りょうりつ)させる秘訣(ひけつ)はなんでしょうか。	聽說您同時也在任教，請問如何才能將兩件事做得很完善呢？有什麼秘訣嗎？
	毎日お忙しいと思いますが、お休みの日はどう過ごされていますか。	想必您每天都非常繁忙，請問您假日都如何度過？

結びの言葉	結語
23 インタビューは以上です。貴重なご意見、ありがとうございました。	我們的採訪到這裏為止，感謝您提供寶貴的意見。
24 お忙しいところ、貴重なお時間を割いていただき、ありがとうございました。	感謝您百忙之中為我們撥出寶貴的時間。
25 取材へのご協力、ありがとうございました。 今後もますますのご活躍をお祈りいたします。	感謝您接受採訪。預祝您今後越來越活躍。
26 本日はお忙しいところ、大変興味深い話を聞かせていただき、どうもありがとうございました。	非常感謝您百忙之中，跟我們聊了這麼多有趣的話題。

基本語句（答え合わせ）

1	ドラッグストア	藥妝店
3	品揃(しなぞろ)えが豊富(ほうふ)だ	產品種類齊全
8	日(ひ)焼(や)け止(ど)め	防曬
12	ビタミン剤(ざい)	維他命劑
13	テンポが速(はや)い	步調很快

專欄12 ☆

口譯員須隨時擴增知識

任何會議都不會局限在單一議題，例如談國際金融的財經會議，很可能會涉及全球氣候變動、國際局勢，即使是相對單純的拜會活動，也很可能會談到兩地最新的社會、政經議題。因此口譯員除須因應會議主題研讀專業知識外，平時就需廣泛吸收一般知識。有人說口譯員必須是一部活的百科全書，這或許有困難，但不容置疑的是，有志者需隨時張起天線、吸收各類新知。

單元 13　應酬／宴會
ユニット 13　接待／宴会

✤✤✤✤

練習目的

餐聚時的口譯分正式大型餐會與商務活動中的用餐。大型餐會往往需要專業司儀口譯，用詞偏向定型化的常套句，可多演練口條以加強台風。而一般商務餐會口譯則較常在餐會席間延續商談內容，也常會談到各種料理、美酒、嗜好、興趣、熟人、時事話題等。

場面說明

張社長を団長(だんちょう)とする台湾企業10社が日本市場を視察(しさつ)するために日本を訪れました。到着当日(とうちゃくとうじつ)、得意先の鈴木社長が歓迎会を開いてくれたので、通訳の卵も同行して手伝いました。

通訳の事前準備

1．歓迎会に参加する関係者のリストから名前の読み方、肩書き、人間関係を確認しておきましょう。

2．歓迎会のプログラム、司会者の有無を確認しておきましょう。

3．今回の交流の目的や仕事の内容を把握しておきましょう。

4．和（わ）、洋（よう）、中（ちゅう）の基本的（きほんてき）なメニューや材料（ざいりょう）、お酒などの飲み方を覚えておきましょう。

基本語句

1	______／席(せき)に着(つ)く	就座
2	来日(らいにち)する	前來日本
3	疲(つか)れを落(お)とす	消除疲憊
4	ほんの心ばかりのもの	______
5	ガラス工芸(こうげい)	玻璃手工藝品
6	______	合您口味
7	______／当地(とうち)の名物料理(めいぶつりょうり)	道地的料理／當地的名菜
8	栄養(えいよう)バランスがいい	營養均衡
9	プライベート	私人的
10	奥深(おくぶか)い	深奧的、耐人尋味的
11	新鮮(しんせん)さを感じる	感到新鮮感
12	話にばかり気を取られてしまう	______
13	十分(じゅうぶん)	足夠
14	贅(ぜい)を尽(つ)くす	豪華的
15	本番(ほんばん)の	正式的

基本文例

	原　文（13-g01s~13-g20s）	訳文の一例（13-g01t~13-g20t）
1	**司会：**皆さん、よくいらっしゃいました。どうぞテーブル上の名札に従ってご着席ください。	**司儀**：歡迎各位蒞臨。請各位依照桌上的名牌入座。
2	**司会：**皆様、大変お待たせいたしました。ただ今より、台湾視察団の歓迎レセプションを開催いたします。	**司儀**：讓各位久等了。台灣考察團歡迎晚會現在正式開始。
3	**司会：**まずは、ホスト側の小林社長から一言歓迎の言葉を申し上げます。	**司儀**：首先有請今晚的主人小林社長為我們說幾句話。
4	**小林：**張社長をはじめ、台湾視察団の皆様をお迎えすることができて、大変うれしく思います。ここで簡単な宴席を設けて、ひとつ長い旅の疲れを落としていただきたいと思います。	**小林**：張總經理以及各位台灣考察團的貴賓們，歡迎各位前來日本。為了表達歡迎之意，今晚我們誠摯地準備了便餐，希望能消除各位長途旅程的疲憊（為各位洗塵）。
5	**司会：**小林社長、ありがとうございました。それでは、張社長にご挨拶をお願いいたします。	**司儀**：謝謝小林社長。接著有請張社長為我們致辭。

6	**張**：針對這次的考察，承蒙您介紹訪問對象，給予我們非常多的協助，同時又為我們舉辦如此盛大的歡迎晚宴，本人在此謹代表全體團員表達由衷的謝意。	**張**：今回の視察に当たって、訪問先のご紹介など、大変ご尽力（じんりょく）していただき、また、私どものために盛大（せいだい）なレセプションを催（もよお）してくださったことに、団員一同（だんいんいちどう）を代表（だいひょう）して心よりお礼申し上げます。
7	**司会**：張社長、ありがとうございました。それでは、乾杯に移らせていただきます。皆様、乾杯のご準備をお願いいたします。乾杯の音頭（おんど）は名古屋自転車（なごやじてんしゃ）工業（こうぎょう）の佐藤社長にお願いします。	**司儀**：張社長，謝謝。接下來讓我們一起來乾杯。有請名古屋自行車工業的佐藤社長帶領大家一起來乾杯。
8	**佐藤**：台湾視察団のご成功と、皆さまのご多幸をお祈りして、乾杯。	**佐藤**：謹預祝台灣考察團此行成功，各位平安幸福，乾杯。
	（自由交流）食事しながら懇談する。	**（自由交流時間）一邊用餐一邊談話。**
9	**小林**：今夜は大したおもてなしもできませんが、季節の和食をご用意いたしました。お口に合えばよろしいのですが。	**小林**：今晚也沒有什麼特別的招待，只有準備了當季的日本料理，但願能合您胃口。

10	**張**：那真是太難得了。現在台灣也因為日本料理非常養生，所以形成一股熱潮。今晚能嚐到正宗道地的日本料理，真的是太棒了。	**張**：それはありがたいですね。今、台湾でも健康によいということで、和食が大きなブームになっています。今夜は本場の和食が食べられて本当に幸せです。
11	**小林**：張社長はよく日本にいらっしゃると聞いておりますが、主にどこに行かれるのですか。	**小林**：聽說張老闆經常來日本，您主要去哪些地方呢？
12	**張**：除工作以外，我也常來日本私人旅遊。從北海道到九州，幾乎都走遍了。日本的文化很深奧，無論什麼時候來，都會有新的發現。	**張**：仕事のほか、プライベート旅行でもよく日本に来ますので、北海道から九州まで、ほとんど回りました。日本の文化はとても奥深く、いつ来ても新しい発見があります。
13	**小林**：そうですか。張社長はもう日本通ですね。さあ、話ばかりでは食事が進みませんね。どうぞもっと召し上がってください。	**小林**：是啊！張老闆已經不愧是個日本通了。啊！只顧著說話，都沒在用餐。請用請用！

14	**張**：哪裏！我已經吃太多了。能享用如此豪華的日本料理，今天真是大飽眼福和口福！	**張**：いいえ、もう十分すぎるほどいただきました。贅を尽くした日本料理で、今日は本当に目も口も楽しませていただきました。
15	**張**：謝謝您。我們藉這個機會，想致贈貴公司一點記念品，以聊表謝意。	**張**：ありがとうございます。この場をお借りして、感謝の意を表すために、ほんの心ばかりのものですが、御社に贈らせていただきます。
16	**小林**：いやあ、それは本当に恐縮です。では、せっかくですので、お言葉に甘えさせていただきます。どうもありがとうございます。	**小林**：啊！真不敢當。那麼就恭敬不如從命。謝謝各位。
17	**張**：您不妨打開看看。這是現在台灣最受歡迎的琉璃工藝。不僅外觀美麗，也很吉祥。	**張**：よければ、開けてご覧ください。これは今台湾で大人気の瑠璃というガラス工芸です。見た目がきれいなだけでなく、縁起ものでもあります。

18	**小林：**とても素敵です。貴重なお土産、ありがとうございます。これを部屋に飾れば、きっと売り上げがどんどん伸びますね。	**小林**：太棒了。感謝您這麼貴重的禮物。只要放在辦公室裡，公司的業績一定會蒸蒸日上。
19	**張**：很高興您喜歡。希望您盡快撥冗來台灣，好讓我盡地主之誼。	**張：**気に入っていただいて、本当によかったです。近いうち、ぜひ台湾にもいらしてください。心を尽くしてご招待させていただきます。
20	**司会：**お話が尽きず名残惜しいところではありますが、明日のご予定もありますので、今日の歓迎会はこのあたりでお開きにさせていただきます。	**司儀**：想必各位還意猶未盡，還有許多話想聊，但是因為明天還有行程，今天的歡迎會就到此結束。

補足語句

1	席順	座位順序
2	宴会を催す	舉行宴會
3	上品	高雅
4	ミネラルウォーター／ウーロン茶	礦泉水／烏龍茶

5	控(ひか)える	克制
6	二日酔(ふつかよ)い	宿醉
7	一丁締(いっちょうじ)め	活動即將結束時所有人齊拍一下，以示圓滿告一段落。
8	一本締(いっぽんじ)め（三本締め：一本締め重覆三次）	同上，拍如下。いよ～ぉ(≒祝おう)、ぱぱぱん、ぱぱぱん、ぱぱぱん、ぱん。
9	大(おお)トロ／伊勢海老(いせえび)／タラバガニ	鮪魚肚／龍蝦／鱈場蟹
10	フカヒレ／あわび／仏跳(ぶっと)びスープ	魚翅／鮑魚／佛跳牆
11	お任(まか)せ料理	無菜單料理
12	フルコースの懐石(かいせき)料理	懷石料理全席
13	レセプションが開(ひら)かれる	舉行酒會
14	立食(りっしょく)パーティ／ビュッフェスタイル	雞尾酒會／歐式自助餐方式
15	お酒をお燗(かん)する	溫酒
16	ウイスキーの水割(みずわ)り	威士忌加水飲用
17	焼酎(しょうちゅう)のお湯割(ゆわ)り	燒酒加溫開水飲用
18	ストレートで味を楽しむ	純飲品酒
19	ロックでチャレンジする	挑戰加冰塊喝酒

参考文例

	原　文 (13-r01s~13-r18s)	訳文の一例 (13-r01t~13-r18t)
1	朋あり、遠方より来る、また楽しからずや。	有朋自遠方來，不亦樂乎。
2	どうぞ席にお着きください。特に席順は決めておりませんので、自由にご着席ください。	請就座。沒有特別排座位，請隨意入座。
3	皆様の日本滞在が、快適なものになりますことを心からお祈り申し上げます。	衷心希望各位在日本期間，一切都順利。
4	皆様、どうかご自分の家にいるつもりで、遠慮なくお寛ぎください。	各位，請把這裏當成自己家裡，別客氣，請放鬆心情。
5	至れり尽くせりのおもてなしに、深く感謝いたします。	對於各位無微不至的款待，我們深表謝意。
6	皆様、お食事はお楽しみいただいていますでしょうか？そろそろ余興の時間に移らせていただきたいと思います。	各位用餐是否盡興呢？接下來就要進入我們餘興節目的時間了。
7	無理にはおすすめはいたしませんが、もう少し何か頼みましょうか。	也不勉強，只是想問問需不需要再點一些菜呢？

8	紹興酒(しょうこうしゅ)のおかわりはいかがですか。それとも何かほかのものになさいますか。	要不要再來杯紹興酒？或要點其他的？
9	生(なま)のものがお口に合わないのであれば、魚を揚(あ)げ物(もの)にしましょうか。	不習慣吃生的，要不要把魚做成炸物？
10	今夜はかくも盛大(せいだい)な宴会(えんかい)を催(もよお)していただき、メンバー一同(いちどう)を代表(だいひょう)して心より感謝申し上げます。	今晚各位為我們舉辦了如此盛大的晚宴，本人謹代表全體訪問團成員衷心表達感謝之意。
11	申し訳ありません。あまり飲めないので、ミネラルウォーターをいただけませんか。	非常抱歉，我不太能喝酒，能不能給我礦泉水？
12	せっかくですが、ダイエット中なので、甘いものは控(ひか)えるようにしているのです。	感謝您的美意，但是我剛好在減肥，必須克制甜食。
13	飲みすぎてしまっては、明日二日酔(あしたふつかよ)いで仕事にならなくなってしまいます。	要是喝得過多，明天宿醉就沒辦法工作了。
14	もうおなかいっぱいで、これ以上、何も入(はい)りません。	我肚子好飽，再也吃不下了。
15	今日の料理はあまりに美味しくて、ついつい食べ過ぎてしまいました。	今天的餐點實在太美味了，忍不住就吃多了。

16	こんなにたくさん残してしまって、もったいないことをしてしまいました。本当にすみません。	還剩這麼多，真浪費，十分對不起。
17	すばらしい夕食を大変ありがとうございました。ご馳走様でした。	感謝各位為我們準備如此豐盛的晚宴，感謝各位款待。
18	**ホスト側**：ただいまご指名をいただきました営業課長の日向と申します。両社のますますの発展を祈念いたしまして、お手を拝借いたします。いよぉー、ぽん、の一丁締めでお願いします。いよぉー、ぽん。	**主辦方**：很榮幸被點名了，我就是營業課的課長日向。敬祝我們兩公司的業務蒸蒸日上。請各位雙手準備好，我們來用日本方式，請大家一起呦、砰拍一下，慶祝今天的晚宴圓滿結束。

基本語句（答え合わせ）

1	着席する／席に着く	就座
4	ほんの心ばかりのもの	聊表心意
6	お口に合う	合您口味
7	本場の料理／当地の名物料理	道地的料理/當地的名菜
12	話にばかり気を取られてしまう	只顧說話

MEMO

專欄13

觀察講者的非語言訊息

已有許多口譯研究指出，大多數的溝通場合同時包含了「語言」及「非語言」兩種訊息代碼。而非語言代碼中還包括音調、速度等有聲非語言代碼，以及姿態、距離及面部表情等無聲的非語言代碼。在接收講者的訊息時，這些「非語言訊息」也提供了非常重要的線索，因此口譯員在聽取語言訊息並進行口譯筆記時，仍不忘要隨時觀察講著。

單元 14 簡報口譯
ユニット 14 プレゼンテーション

✤✤✤✤

練習目的

簡報常用於商務活動及正式會議。本單元重點在於熟悉簡報常用措辭與句型，包含引用資料、說明數據與圖表、演變的狀況、代表之意義、與聽眾互動、詢問意見等。

場面説明

許耀平社長は日本の産業協会からの依頼で、台湾製造業の最新動向について話をすることになりました。日本語が話せないため、中国語から日本語への通訳を通訳の卵に頼みました。

通訳の事前準備

1．クライアントが関心をもつ業種の専門用語などを調べておきましょう。

2．プレゼンテーションでよく使われる言い回しをマスターしましょう。

3．事前にもらった次の図表をよく見て、通訳のときに出てきそうな説明を予想しておきましょう。

事前にもらったPPT

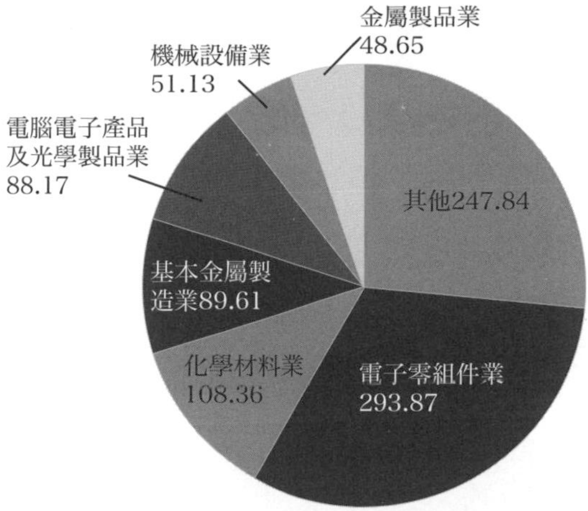

圖1 台灣製造業主要行業（數字為權數）

出處：依20**年經濟部統計處「20**年1月工業統計指數」資料，筆者製圖。

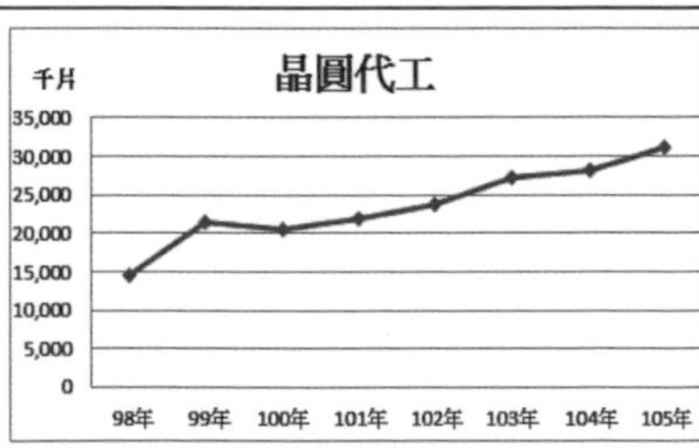

圖2 晶圓代工生產量

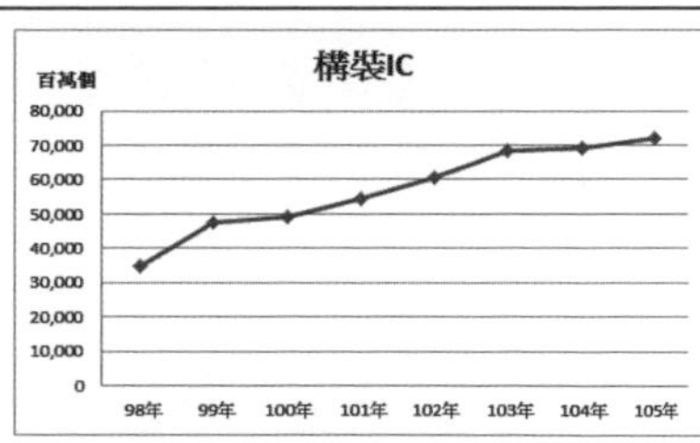

圖3 封裝IC生產量

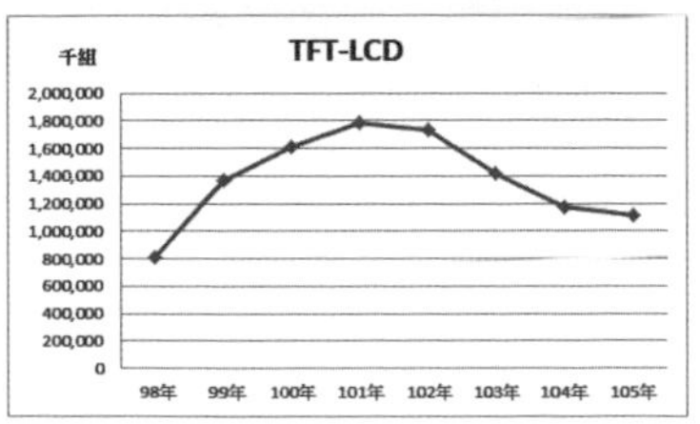

圖4 TFT-LCD生產量

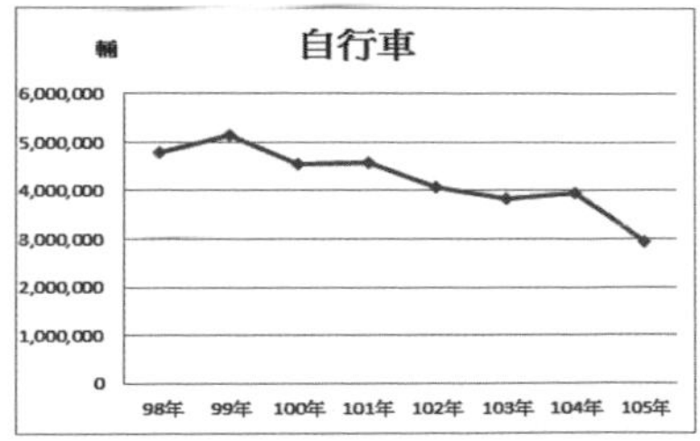

圖5 自行車生產量

基本語句

1	ご紹介(しょうかい)に預(あず)かる	＿＿＿＿＿＿
2	パイグラフ／円(えん)グラフ	圓餅圖
3	電子部品(でんしぶひん)・デバイス	電子零件・元件
4	フォトニクス	光學
5	＿＿＿＿＿＿	平板
6	折(お)れ線(せん)グラフ	曲線圖
7	輸出推移(ゆしゅつすいい)	出口統計變遷
8	内訳(うちわけ)	細項
9	ウエハの受託生産(じゅたくせいさん)／OEM	＿＿＿＿＿＿
10	ICパッケージ	IC構裝（舊稱IC封裝）
11	右肩上(みぎかたあ)がりの成長が続く	持續不斷成長
12	TFT-LCD	TFT-LCD、薄膜電晶體液晶顯示面板
13	～を＿＿＿に／～を＿＿＿に	以～為巔峰／以～為頂盛時期
14	電気(でんき)アシスト自転車(じてんしゃ)	電動自行車
15	販売台数(はんばいだいすう)	銷售台數、銷售輛數
16	話が＿＿＿＿	離題了
17	メモリー／メモリ	記憶體
18	バイオテクノロジー	生技
19	シルバー産業(さんぎょう)	銀髮產業
20	ご清聴(せいちょう)ありがとうございます	謝謝（各位的聆聽）

基本文例

	原　文（14-g01s~14-g15s）	訳文の一例（14-g01t~14-g15t）
1	**許**：感謝主持人的介紹，我是許耀平。今天能跟各位分享台灣製造業的動向，本人感到非常榮幸。	**許**：ご紹介に預かりました許耀平と申します。本日は台湾製造業の動向についてお話することができて、大変光栄に思います。
2	我馬上進入主題。首先這是今天要談的大綱。	早速、本題に入らせていただきます。まず、今日お話しするアウトラインはご覧のとおりになります。
3	那麼請看這張圓餅圖。電子零組件是台灣具代表性的製造業。	それではこちらのパイグラフをご覧ください。電子部品・デバイス産業は台湾の代表的な製造業です。
4	其次依序是化學材料業、金屬製造業、資訊通訊相關的電腦電子產品以及光學工業、精密機械等機械設備。	その次は化学材料業、金属製造業、情報通信関係のパソコン電子製品・フォトニクス工業、精密機械などの機械設備の順番になっております。
5	電子產業當中尤其以半導體、平板、PC等最受到全球矚目。接下來請看這張曲線圖。	電子産業の中では、特に半導体やタブレット、PCの生産が世界から注目されています。次の折れ線グラフをご覧ください。

6	這張圖顯示出最近十年來電子產業的出口變化。縱軸是出口總額，橫軸是商品項目。	これはここ10年、電子産業の輸出の推移です。縦軸は輸出高で、横軸は商品別となっています。
7	然後，紅線標示的是台灣國內市場，藍色是全球整體的趨勢。由這張圖各位應該能夠充分了解台灣電子產業近年來的成長狀況。	そして、赤で示しているのは台湾国内市場で、青は世界全体の傾向です。このグラフから、台湾の電子産業の近年の成長ぶりがよくお分かりになると思います。
8	我們來看一下電子產業的細項，晶圓代工與IC封裝這幾年都呈現持續的成長。	電子産業の内訳をみますと、ウエハの受託生産とICパッケージはここ数年右肩上がりの成長が続いています。
9	TFT-LCD在101年的時候生產量達到巔峰，最近五年則是不斷地下滑。	TFT-LCDは民国101年、つまり2012年をピークに最近五年間の生産量は下がる一方です。
10	附帶一提的，過去自行車在76年的時候是頂盛時期，總產量達到一千零二十二萬輛，但在105年的時候則下滑到二百九十三萬輛。	ちなみにかつて自転車の生産量も民国76年、1987年の1022万台を最盛期に、2016年の293万台に減少しました。

11	但是因為高附加價值的車款以及電動自行車的銷售量成長，因此獲利反而變得比較好。	しかし、付加価値（ふかかち）の高い車種（しゃしゅ）や電気（でんき）アシスト自転車の販売台数（はんばいだいすう）の増加によって、収益性（しゅうえきせい）はかえってよくなりました。
12	我講得有一點離題了，我們再回到原本的主題。	話が逸（そ）れてしまいました。元に戻しましょう。
13	台灣的電子工業對全球的經濟有著莫大的影響。尤其記憶體和半導體等，許多電腦零件都是由台灣生產的。	台湾の電子工業は世界経済に大きな影響を与えています。特にメモリーや半導体など多くのコンピューター部品が台湾で生産されています。
14	但是今後生技、機器人、還有銀髮、節能等產業將會成為新的商機。日本和台灣有地利之便，今後這一些領域的技術合作或是商品開發都備受期待。	しかし、今後、バイオテクノロジーやロボット、シルバー、省エネなどの産業がビジネスチャンスになりそうです。日本と台湾は近いので、これらの分野の技術提携（ぎじゅつていけい）や商品開発（しょうひんかいはつ）などが今後も期待できます。
15	各位若有機會，請務必造訪台灣，請親眼看看台灣各產業的發展狀況。以上，感謝大家聆聽，謝謝大家。	皆さんも機会があれば、ぜひ台湾に訪れて、各産業の発展ぶりを、ご自分の目で確かめてください。以上、ご清聴（せいちょう）、どうもありがとうございました。

補足語句

1	プレゼンポインター／レーザーポインター	簡報筆／雷射筆
2	接続（せつぞく）テストをする	測試機器連線
3	スライド	投影片
4	次世代路面電車（じせだいろめんでんしゃ）(ライトレール)	輕軌電車
5	貿易相手国（ぼうえきあいてこく）	貿易夥伴
6	シェア	市場佔有率、市佔率
7	パートナー	夥伴
8	ドローン	無人機
9	デモ（デモンストレーション）	展示操作、展演
10	スマート機械	智慧機械
11	配布（はいふ）する	發下資料
12	横（よこ）ばい	平穩

参考文例

	原　文（14-r01s~14-r17s）	訳文の一例（14-r01t~14-r17t）
1	我想用自己的簡報筆及筆電，可以測試一下嗎？	自分のプレゼンポインターとノートパソコンを使いたいので、接続テストをしてもよろしいですか。
2	我要連WiFi。密碼對嗎？好像不行的樣子。果然連不上。	Wi-Fi（無線LAN）でインターネットに繋ぎたいです。パスワードは合っていますか。どうやらだめそうですね。やっぱり繋がりません。
3	我想讓各位看一下影片，能幫我關一下電燈嗎？	動画を見ていただきたいので、電気を消していただけますか。
4	下一張。請看下一張投影片。麻煩回到最前面一張、前一張、前面第三張的投影片。	次、お願いします。次のスライドをご覧ください。最初のスライド、直前のスライド、3枚前のスライドに戻っていただけますか。
5	首先，跟各位說明本公司在美國發展的業務概況。請看去年營收的圓餅圖。	まずは、当社がアメリカで展開した事業の概略からご説明致します。昨年度の売上高を示す円グラフをご覧ください。

6	請比較這兩張營收相關的直線圖。由左圖可看出，過去五年營收不太穩定。	売上高を示すこの2つの棒(ぼう)グラフを比較してみましょう。左側のグラフは過去5年の売上高が不安定(ふあんてい)であることを示しています。
7	請看右下方的照片。輕軌電車的軌道周圍舖有草坪，有助於都市綠化。	右下(みぎした)の写真をご覧ください。次世代路面電車(じせだいろめんでんしゃ)(ライトレール)のレールの周りに芝生(しばふ)を敷(し)いて、都市(とし)の緑化(りょくか)に役立てています。
8	美國及日本的進出口貿易長久以來佔有很高的比率。這兩個國家是台灣的重要貿易夥伴。	貿易相手国(ぼうえきあいてこく)のアメリカと日本は、長期にわたって輸出や輸入ともに大きなシェアを占めており、どちらも台湾の重要な貿易パートナーです。
9	從十幾年前開始，台灣業界前進到中國等海外市場，台灣國內出現產業空洞化的問題。	10年以上前から、台湾の産業界は中国を中心に海外進出(かいがいしんしゅつ)が進み、国内産業の空洞化(くうどうか)が問題になりました。
10	讓我來展示本公司新型無人機XVR6。XVR6會從舞台將現泡的咖啡送到會場最後面的來賓手上。	弊社の新型(しんがた)ドローンXVR6のデモを始めさせていただきます。XVR6がステージから会場の一番奥のお客様まで入れたてのコーヒーをお届けいたします。

11	因為時間有限，有關智慧機械的歷史就不多談了。	時間の関係で、スマート機械の歴史については省略（しょうりゃく）させていただきます。
12	時間所剩不多，我們就直接跳到最後一張投影片。	時間があと僅かなので、ちょっと飛ばします。最後のスライドにジャンプします。
13	時間到了，我的簡報就到這裡為止。詳細資料請看剛才發下去的文件。	時間になりましたので、私のプレゼンテーションはこの辺で終わらせていただきます。詳しい資料は先ほど配布（はいふ）したプリントをご覧ください。
14	這是我的電子信箱。有需要的話，歡迎跟我連繫。	私の電子メールはご覧のとおりです。何かございましたら、ぜひご連絡ください。
15	您是用英文提問，但是剛好有日文口譯，所以很抱歉，請容許我用中文回答您。	英語で質問されましたが、せっかく日本語の通訳がいますので、失礼ですが、中国語で答えさせていただきます。
16	最後1分鐘，我來總結一下前面講過的內容。	最後の1分でこれまで話した内容をまとめさせていただきます。
17	時間到了，但是請再給我一分鐘，簡單做個結論。	もう時間ですが、あと1分ください、簡単にまとめたいと思います。

基本語句（答え合わせ）

1	ご紹介(しょうかい)に預(あず)かる	承蒙介紹
5	タブレット	平板
9	ウエハの受託生産(じゅたくせいさん)／OEM	晶圓代工
13	～をピークに／～を最盛期(さいせいき)に	以～為顛峰／頂盛時期
16	話が逸(そ)れる	離題了

專欄14

口譯員的臨場反應

口譯的臨場狀況很多，有時難免因講者說話速度快、主題難度高等因素，導致聽不懂或聽不清楚。這時口譯員最重要的就是冷靜下來，利用其他段落的線索和蛛絲馬跡，拼湊並摸索出講者想表達的意思。如果實在是關鍵詞，最好禮貌的請講者重述。另外，有時即便是中日會議，因為列席雙方都是專家，席間會不斷出現英文的專有名詞，這時口譯員也只能努力跟上，以英文原音重現。

單元 15　面試
ユニット 15　面接

✤✤✤✤

練習目的

國際潮流下，透過口譯到海外招募專技人員的案例逐漸增多。本單元在於學習面試常見用語及表達方式，包含說明經歷、表現長處、針對問題進行回應等。對即將投入職場的同學也可磨練應試的詞彙與技巧。

場面說明

HR（ヒューマン・リソース）の会社が台湾で模擬面接（もぎめんせつ）のセミナーを行うため、通訳の卵が通訳を手伝うことになりました。模擬面接は「日本市場を開拓するため、イベント専門の台湾クリエーション会社が日本人スタッフを募集する」という設定でした。

通訳の事前準備

1．面接を行う会社がどんな会社で、どのような商品を扱っているかを調べ、専門用語を事前にチェックしておきましょう。

2．どんな職種（しょくしゅ）、職務（しょくむ）を募集（ぼしゅう）しているかを聞いておきましょう。

3．面接試験でよく質問されそうな内容やその回答をシミュレーションして、必要な単語や言い回しを覚えておきましょう。

基本語句

1	HR／ヒューマン・リソース	人力資源
2	セミナー	研習
3	シミュレーション	模擬
4	漫画(まんが)フェスティバル	漫畫展
5	考案(こうあん)する	花巧思想出的
6	____________	邀請
7	____________	簽名會
8	PR活動(ピーアールかつどう)	自我推銷的活動
9	営業職(えいぎょうしょく)	____________
10	メディアに取(と)り上(あ)げられる	獲媒體報導
11	________企業(きぎょう)	上市公司
12	～がいがある	值得～
13	グローバル	全球
14	持前(もちまえ)の企画力(きかくりょく)	原本所具有的企畫能力
15	手取(てど)り額(がく)	實拿金額
16	給与額(きゅうよがく)／交通費(こうつうひ)	薪資金額／交通費
17	社会保険(しゃかいほけん)／所得税(しょとくぜい)／住民税(じゅうみんぜい)	社會保險／所得稅／地方稅
18	健康保険(けんこうほけん)／厚生年金(こうせいねんきん)／雇用保険(こようほけん)／介護保険(かいごほけん)（40歳以上）	健康保險／年金／勞保／長照險
19	____________	資歷
20	規定(きてい)に従(したが)う	依規定

基本文例

	原　文（15-g01s~15-g17s）	訳文の一例（15-g01t~15-g17t）
1	**劉**：您好，您是志村敬先生對吧！請問您在先前的公司是從事什麼工作呢？能不能談談您過去的經歷。	**劉**：志村敬さんですね。こんにちは。前の会社で何をしていましたか。今までの職歴を教えてください。
2	**志村**：これまで、イベントの企画、つまりイベントプランナーとして働いていました。主に展示会やフェスティバル、コンサートなど多種多様なイベントの企画や運営を担当してきました。	**志村**：我過去主要從事活動企劃，也就是活動策展人，主要從事展覽、大型活動、音樂會等各類活動的企劃及營運。
3	**劉**：目前為止在工作上您有特別印象深刻的事情，或自己最引以為豪的績效嗎？	**劉**：これまでの仕事で特に印象に残っている、または一番自負する実績を簡単に紹介してください。
4	**志村**：元の会社が昨年に企画した漫画フェスティバルは私が考案したもので、韓国や台湾の人気作家を日本にお招きして、サイン会まで行いました。大変な人気を呼び、高い評価を得ました。そのイベントを非常に誇りに思っております。	**志村**：去年有幫原本服務的公司企劃一場漫畫展，邀請到韓國、臺灣的人氣漫家前來日本，還舉辦了簽名會。那個漫畫展很受歡迎，獲得很高的評價，這是我非常引以為傲的。

5	**劉**：請談談看，若是録取您對本公司有什麼好處？	**劉：**あなたを採用(さいよう)したら、当(とう)社(しゃ)にはどんなメリットがあると思いますか。
6	**志村：**これまでイベント企画をやってきたので、情報収集(じょうほうしゅうしゅう)や、宣伝(せんでん)・PR(ピーアール)活動(かつどう)を上手くこなせる自信があります。また常にクライアントと相談しながら仕事を進めるので、お客様の心理をよく理解しています。	**志村**：我過去從事企劃活動，因此對於收集訊息、宣傳、行銷等活動非常有信心。另外，工作上我總是會和顧客進行協商，所以我非常了解客人的心理。
7	**志村：**御社(おんしゃ)の営業職(えいぎょうしょく)も、さまざまなお客様にサービスを提供したり、新規(しんき)のお客様を開拓(かいたく)したりすることが中心なので、この経験を生(い)かすことができると思っております。	**志村**：貴公司的業務人員必須向各行各業的客人提供商業服務，並且要開發新客人，因此我認為我可以發揮這些經驗做好工作。
8	**劉**：您對本公司有什麼印象？	**劉：**当社に対してどんなイメージをお持ちですか。
9	**志村：**御社は産業(さんぎょう)の発展性(はってんせい)と社員(しゃいん)の満足度(まんぞくど)でよくメディアに取(と)り上(あ)げられる上場企業(じょうじょうきぎょう)です。非常に将来性にあふれた、働(はたら)きがいのある会社だと思います。	**志村**：貴公司是一間上市公司，產業很具有發展性而且員工的滿意度很高，因此經常獲得媒體報導。我認為貴公司前景看好，在這裡工作很有意義。

10	**劉**：您未來有什麼目標呢？	**劉**：将来の目標についてお聞かせください。
11	**志村**：これまでの仕事で培ってきた力を生かしながら、御社のようなグローバル企業で国際的な視野を広げていければと願っています。	**志村**：我想活用我過去在工作上培養的能力，希望能在貴公司這樣的全球化企業，拓展國際視野。
12	**志村**：もちろん、優先課題としては、会社の方針に従って持前の企画力で日本市場の開拓を成功させるよう、努力することです。	**志村**：當然，優先課題就是依照公司的方針，努力發揮自己既有的企劃能力，成功開拓日本市場。
13	**劉**：為因應來訪顧客，有時候必須加班，您可以嗎？	**劉**：来客に対応するため、残業が必要な場合もありますが、大丈夫ですか。
14	**志村**：はい、まだ独身ですし、体力にも自信がありますので、大丈夫です。	**志村**：沒問題，我還單身，對體力也有信心，所以沒問題。
15	**劉**：你對薪水有什麼想法？	**劉**：給料はどれぐらい希望していますか。

16	**志村**：これまでの手取り額は35万円でしたので、できれば同じレベルの給与を希望しております。3年間のキャリアはまだ浅いかもしれませんが、即戦力として活躍できると思います。ただ、これはあくまでも希望で、最終的には御社の規定に従います。	**志村**：過去扣除稅金等我實際拿到約35萬日幣，如果可以的話，希望能有同樣的薪資水準。三年的工作經驗或許還很資淺，但是我自信對工作馬上就能上手，完成任務。但這只是我的希望，最終還是依照貴公司的規定。
17	**劉**：好，我們了解了。感謝您今天前來面試。面試結果，三天後我們會用電子郵件通知您。	**劉**：はい、わかりました。本日は面接に来ていただき、本当にありがとうございました。結果については、三日後にメールでお知らせします。

補足語句

1	技術提携（ぎじゅつていけい）する	技術合作
2	実感（じっかん）する	實際感受到
3	粘（ねば）り強（づよ）い	很有毅力
4	大口（おおぐち）の契約（けいやく）を取（と）る	拿到大筆的訂單
5	仕事に没頭（ぼっとう）する	埋首於工作
6	締切（しめきり）を厳守（げんしゅ）する	確實遵守期限
7	志望（しぼう）する	志願、想應徵
8	拝見（はいけん）する	看、閱讀等之謙讓語
9	じっくりと向（む）き合（あ）う	花時間細心應對
10	連絡（れんらく）を取（と）り合（あ）う	互相聯絡
11	日帰（ひがえ）りする	當天來回
12	台北近辺（たいぺいきんぺん）	台北鄰近
13	業務外（ぎょうむがい）の	負責業務以外的
14	セミナー	研習
15	支障（ししょう）にならない	不影響～
16	海外駐在（かいがいちゅうざい）をする	派駐於海外
17	CAD（キャド）	電腦輔助繪圖軟體

参考文例

	原　文 (15-r01s~15-r14s)	訳文の一例 (15-r01t~15-r14t)
1	Q：なぜわが社に応募しようと思ったのですか。	Q：您為什麼想應徵我們公司？
2	A：私は大学の授業で通訳のスキルを学び、物産展や姉妹校交流などの場面で実際に日中通訳を行ってきましたが、通訳をしているときが一番楽しいことに気付きました。そこで、日本のファッション会社と技術提携する御社が通訳者を募集する情報を拝見し、さっそく応募をさせていただきました。	A：我在大學課程中，學會了口譯技能，也曾在物產展或是姐妹校交流的時候，實際進行中日口譯，我發現自己在口譯的時候最快樂。所以看到貴公司和日本服飾公司有技術合作，在徵口譯員，所以我就立刻來投履歷表了。
3	Q：前の会社を辞めた理由は何ですか。	Q：您為什麼會辭掉先前的公司？
4	A：これまでの仕事に非常にやりがいを感じていました。しかし、最近担当が変わって、顧客の満足を実感できないことも多くなりましたので、転職を決意しました。	A：我覺得之前的工作做起來十分有意義。但是最近負責的工作變了，常常無法實際感受到顧客的滿意度，所以才決定要轉換跑道。

5	Q：ご自身の長所や短所を教えてください。	Q：請談一下自己的優缺點。
6	A：私の長所は粘り強く最後まであきらめないことです。前の会社にいた時、30回ほどお客様を訪問し、ついに大口の契約を取ったこともあります。一方、仕事に没頭しすぎ、周りがよく見えなくなることが自分の短所であることもよくわかっています。	A：我的長處是很有毅力，不會輕易放棄。在前一家公司時，我曾經拜訪客人30次最後終於拿下大單。另一方面我也十分清楚自己的缺點是什麼，那就是有時太投入工作，而忽略了周遭的事情。
7	Q：周りの友人や同僚は、あなたのことをどう評価していますか。	Q：周圍的朋友或同事對您的評價如何？
8	A：同僚や友人からは、「安心して任せられる人だ」と言われることが多くあります。私は約束を必ず守り、締切を厳守します。当たり前のことですが、これが仲間から信頼を受けている理由なのだと思います。	A：我的朋友或同事常說我是「能夠放心交付工作的人」。我一定會遵守約定，確實遵守期限，這雖然是理所當然該做的，但也因此獲得夥伴們的信賴。

9	**Q**：当社の知名度は高くないと思いますが、なぜ当社を志望したのですか。	**Q**：我想我們公司的知名度並不高，為何想應徵我們公司呢？
10	**A**：御社のホームページを拝見させていただいたところ、一人一人の顧客にじっくりと向き合い、多くの人に親しまれ、喜ばれることを目指すという企業理念にはとても共感しました。また、自分が今まで培ってきた営業の経験もよく生かせると思いますので、ぜひ御社で働かせていただきたいと思って応募いたしました。	**A**：我有上網參考貴公司的網頁，知道貴公司願意細心地回應每位客人，並且努力親近客戶、以贏得更多客戶的喜愛，對於這種企業理念，我非常認同。另外，我也認為貴公司能夠讓我充分運用過去所累積的業務經驗，因此來應徵，希望有機會在貴公司服務。
11	**Q**：趣味や部活、アルバイトなどの大学時代の経験を挙げて、3分間の自己PRをしてください。	**Q**：請舉出您過去在大學時的經驗，例如嗜好、社團、打工經驗等，請用三分鐘的時間來推銷您自己。

12	A：今はなかなか時間が取れませんが、山登(やまのぼ)りに興味があります。昔は月(つき)に1回程度(かいていど)、LINE(ライン)で仲間(なかま)と連絡(れんらく)を取(と)り合(あ)って、日帰(ひがえ)りできる台北近辺(たいぺいきんぺん)の山から3000メートル級(きゅう)の玉山(ぎょくざん)まで、登山をよく楽しんでいました。それに登山から組織力(そしきりょく)と忍耐力(にんたいりょく)を身につけました。	A：現在雖然不太有時間能夠做，但是我很喜歡爬山。從前大約每個月一次，用line聯絡夥伴一起去爬山，像是台北近郊能夠當天來回的山，甚至是高達三千公尺以上的玉山。我也因此學會了組織能力以及耐力。
13	Q：採用(さいよう)されたら東南(とうなん)アジアなどで海外駐在(かいがいちゅうざい)をしなければなりません。あなた自身とご家族は大丈夫でしょうか。	Q：錄用以後，必須到東南亞等海外駐點，您和家人都沒問題嗎？
14	Q：エクセル、ワード、パワーポイント、CAD(キャド)、プロジェクト管理などのソフトは使えますか。	Q：EXCEL、WORD、POWERPOINT、CAD、PROJECT管理軟體，您會操作嗎？

基本語句（答え合わせ）

6	招（まね）く	邀請
7	サイン会（かい）	簽名會
9	営業職（えいぎょうしょく）	業務職位
11	株上場企業（かぶじょうじょうきぎょう）	上市公司
19	キャリア	資歷

專欄15 ☆

口譯員需要傾聽

聽力基本上雖無法自主性的開啟或關閉，但是否專注會導致最終在腦力構成的信息量截然不同。先行研究指出，聽法有三類，一是無意識的聽，雖然聲音傳遞到耳朵，卻能充耳不聞。另一種是策略性的聽，很多的對話其實聽者只選擇自己想聽或有興趣的內容，並就此作出回應。而第三種是口譯員所必備的「有意識傾聽」，也就是須排除己見、用力傾聽。而且聽的不是聽字、句，而是話中的訊息，經消化後、再以溝通為目的進行口譯產出。

單元 16　價格交涉
ユニット 16　値段交渉

✤✤✤✤

練習目的

商務口譯常運用於協助進行台日貿易，學習在不傷和氣之前提下，協助口譯委託人守住價位立場，交涉價格、洽談貿易條件，順利談成生意。須留意數字、日期、計價單位。

場面説明

台南（たいなん）で開かれている国際蘭見本市（らんみほんいち）に出展（しゅってん）するフォルモサ蘭会社のブースに、得意先の日本商社の鈴木社長が訪ねてきたので、通訳の卵はその値引き交渉のお手伝いをすることになりました。

通訳の事前準備

1．値段交渉の言い回しを練習しておきましょう。

2．クライアント会社と取引先の商品やサービスに関する専門用語を調べましょう。

3．クライアント会社の国内外の拠点、主なライバル企業、商品の製造や出荷、サービス提供などの流れについて調べましょう。

基本語句

1	商売(しょうばい)が繁盛(はんじょう)する	生意興隆
2	首(くび)を長くして待つ	期待您的蒞臨
3	見本市(みほんいち)	商品展示會
4	＿＿＿＿＿＿＿＿＿＿	盛況空前
5	胡蝶蘭(こちょうらん)、オンシジューム、アンスリウム	蝴蝶蘭、文心蘭、火鶴花
6	蘭(らん)をモチーフにした工芸品(こうげいひん)	以蘭花為主題的手工藝品
7	＿＿＿＿＿＿＿＿＿＿	生技
8	疫病防止(えきびょうぼうし)	防疫
9	見積書(みつもりしょ)を作成(さくせい)する	製作報價單
10	盆栽(ぼんさい)、苗(なえ)	盆栽、種苗
11	＿＿＿＿＿＿＿＿＿＿	採購、採購價
12	ご贔屓(ひいき)、ご愛顧(あいこ)	相挺、愛顧
13	温室(おんしつ)で栽培(さいばい)する	溫室栽培
14	オファー価格(かかく)	報價
15	千差万別(せんさばんべつ)	差距甚大
16	日持(ひも)ちがいい	持久耐放
17	＿＿＿＿＿＿＿＿＿＿	自吹自擂
18	＿＿＿＿＿＿＿＿＿＿	熟知行情
19	年末(ねんまつ)の贈答(ぞうとう)シーズン	年底送禮季節
20	輸送費用(ゆそうひよう)	運送的費用

基本文例

	原　文 (16-g01s~16-g19s)	訳文の一例 (16-g01t~16-g19t)
1	**鈴木**：王社長、お久しぶりです。お元気そうですね。商売が繁盛しているんですね。	**鈴木**：王老闆好久不見。您氣色很好！生意興隆哦！
2	**王**：鈴木社長，歡迎歡迎！我已經等候您許久了。	**王**：鈴木社長、ようこそいらっしゃいました。首を長くしてお待ちしておりました。
3	**鈴木**：午前中はずっと会場を見て回りました。今年の見本市は例年になく大盛況ですね。	**鈴木**：上午我一直在會場裏面逛。今年的蘭花展比往年還要盛況空前！
4	**鈴木**：蘭をモチーフにした工芸品や飾り物も数多く展示されていて、3時間以上回っていても飽きませんでした。	**鈴木**：這裏展示了許多以蘭花做為主題的手工藝品跟裝飾品，我逛了三個多小時，也不會覺得膩。
5	**鈴木**：台湾はさすが胡蝶蘭王国ですね。蘭の品種が豊富で、珍しい品種もどんどん育成されていますね。	**鈴木**：台灣真不愧是胡蝶蘭王國。蘭花品種豐富，又不斷培育珍貴的品種。

6	**王**：是啊！尤其台灣蘭花業者採用最新的生技技術，並且也努力量產、研究開發和防止疾病。	王：そうですね。特に台湾の蘭業者は最新のバイオテクノロジーを取り入れて、量産や研究開発、疫病防止などにも力を入れていますからね。
7	**王**：對了，您email裏面說有事情想商量，現在可以請教您是什麼事嗎？	王：そう言えば、メールで相談したいことがあるとおっしゃっていましたが、今伺ってもよろしいですか。
8	**鈴木**：実は、先日いただいた見積書についてです。御社の胡蝶蘭の盆栽は、ここ数年、値段が全然下がっていませんよね。特に、最近は不景気なので、これまでの仕入れ価格では、当社としてもなかなか商売が成り立たないんですよ。	**鈴木**：其實是有關先前貴公司寄來的估價單。貴公司的蝴蝶蘭盆栽這幾年價格完全沒有調降過。加上最近不景氣，如果依照過去的採購價格，我們公司生意都快做不下去了。
9	**王**：感謝貴公司的愛顧。誠如您所知道的，蝴蝶蘭在喜慶祝賀的時候是不可或缺的高檔鮮花。所以海內外的需求都相當高。	王：いつもご贔屓いただいていることには、本当に感謝しております。しかし、ご存知のように、胡蝶蘭はお祝いには欠かせない高級なお花です。そのため、国内外のニーズも非常に高いんです。

10	**王**：另外您採購的品種是溫室栽培的，這幾年電費等等生產成本都一直在增加。以成本來看，我們公司的報價其實一點也不貴。	王：それに、仕入れいただいている品種は温室栽培で、ここ数年、電気代をはじめ、生産コストは上がる一方です。コストを考えれば、弊社のオファー価格はけっして高くないですよ。
11	**鈴木**：実は他の会社から同じ栽培方法で育てられた同じ品種の蘭を仕入れたことがあるんです。その値段は御社より10%安かったんです。どうかもう一度検討していただけませんか。	**鈴木**：其實我們曾經向其他間公司進了使用相同栽培法所培育出來的同一品種的蘭花。但是他們的價格比貴公司便宜了一成，能不能請您再考慮看看降價。
12	**王**：價格不代表一切。同樣叫做蝴蝶蘭，但是品質卻差個十萬八千里。我們公司的蘭花是經過特別呵護培育的，比起其他公司的蘭花，色澤更鮮艷，而且又持久耐放。	王：値段だけではないんです。一口に胡蝶蘭といっても、品質は千差万別です。特別な手入れで育てられた当社の蘭は、他社の蘭より色が鮮やかで、日持ちもいいんです。

13	**鈴木**：それは分かりますけど、しかし、消費者はどうしても値段で買い物してしまうので、このままだと、うちの商品はとても競争相手（きょうそうあいて）には敵いません。	**鈴木**：這個我知道啊，但是一般消費者還是會憑價格來買東西。照這樣下去的話，我們公司的商品根本沒辦法和同業競爭。
14	**王**：這也不是我在自吹自擂啦，這麼好的品質您不要說降價，其實還應該要反映成本，調漲價格才是呢！	王：自画自賛（じがじさん）というわけではありませんが、これほどの品質ですから、値下（ねさ）げどころか、本来ならばコストを反映（はんえい）して値上（ねあ）げをしなければならないぐらいですよ。
15	**王**：鈴木社長您也很清楚蘭花的市場行情。如果您無論如何都要我們降價的話，那就看在您是老主顧的份上，請問您希望的價格是多少呢？	王：相場（そうば）については鈴木社長もお詳（くわ）しいはずです。それでもどうしてもとおっしゃるならば、長年（ながねん）のお得意様（とくいさま）ということで、ご希望（きぼう）の値段をお聞かせください。
16	**鈴木**：そしたら、これまでの値段から8%下げて（電卓を見せながら）この値段にしていただけませんか。	**鈴木**：那麼，就依據過去的價格再降8%，（一邊讓王老闆看計算機）可以算這個價錢嗎？

17	**王**：坦白說，這不可能啦！這麼一來我們公司完全沒利潤了。	王：率直に申し上げて、それは厳しすぎます。それでは当社の利益がなくなってしまいます。
18	**鈴木**：まあまあ、日本はこれからお盆の時期を迎えますし、年末の贈答シーズンにも合わせて、これまでの数より5割増しで発注する予定ですから。この先のことも考えて、少しでも値下げに協力いただけませんか。	**鈴木**：快別這麼說，日本接下來就要進入盂蘭盆節，再加上年底送禮季節，我們預計訂單量會比過去再多五成。所以能不能請您考慮今後訂單的成長，多少配合一下降價呢？
19	**王**：我知道了。但因為牽扯到運費，所以請讓我再考慮看看。明天我會回覆您的。啊，已經到中午用餐時間，我帶您去台南有名的擔仔麵餐廳用餐吧！	王：わかりました。輸送費用なども関係しますので、もう少し検討させてください。あした、お返事いたします。さあ、もうお昼ですので、台南で有名な担仔麵のレストランにご案内しましょう。

補足語句

1	四捨五入（ししゃごにゅう）	四捨五入
2	端数（はすう）を切（き）る	去除尾數
3	発注（はっちゅう）する⇔受注（じゅちゅう）する	下單⇔接單
4	単発（たんぱつ）⇔連発（れんぱつ）	單次⇔連續多次
5	末長（すえなが）くお取引（とりひき）をする	長久做生意
6	開（ひら）き／隔（へだ）たりがある	有差距
7	特別割引（とくべつわりびき）をする	特別折扣
8	合理的（ごうりてき）な／リーズナブルな	合理的
9	ぎりぎりの値段（ねだん）／譲歩（じょうほ）	不可再低的價格／讓步
10	歩（あゆ）み寄（よ）る	靠攏、談攏

参考文例

	原　文（16-r01s~16-r15s）	訳文の一例（16-r01t~16-r15t）
	買方要求折扣	**値引（ねび）きを求（もと）める側（がわ）——**
1	能請您再稍微降個1%嗎？	あと1%でいいですので、もう少し下げていただけますか。
2	抱歉，能不能不要四捨五入，直接去掉尾數？	申し訳ありませんが、四捨五入（ししゃごにゅう）しないで、端数（はすう）を切（き）っていただけますか。

3	相關訂單不只一次而已，下次還會再訂，所以麻煩您打一下折。	今回の発注は単発（たんぱつ）ではなく、必ず次があるので、値引きをお願いします。
4	我們是您的老主顧了，價格方面能不能再算便宜點？	長いお付き合いではないですか。もう少しまけていただけませんか。
5	能不能請您打個95折，好讓我們今後可以長久交易？	今後の末長（すえなが）いお付き合いのためにも、5%値引きしていただけませんか。
6	貴公司的售價和市價有差距。以您這個價錢，我們公司可以說沒有任何賺頭。	御社の販売価格は市場価格とは開（ひら）きがあります。この値段ですと、弊社の儲（もう）けはまったくなくなってしまいます。
7	先前拿到的估價單和我們公司的預算金額有落差，請您務必配合降一下價。	いただいた見積書（みつもりしょ）と当社の予算（よさん）額（がく）に隔（へだ）たりがありますので、ぜひ値引きしていただけると助かります。
8	如果可以的話，我們想跟貴公司購買，所以很抱歉，能不能麻煩您再一次考慮是否能降價？	できれば御社より購入（こうにゅう）したいですので、恐縮ですが、再検討（さいけんとう）をお願いします。

	賣方被要求折扣	値引きを求められる側——
9	年底前訂貨，特別優惠打9折。	年内までにご注文をくだされば、10%の特別割引をいたします。
10	同時考量品質與性能的話，我知道這個價格是非常合理的。	品質と性能を考え合わせれば、この価格は合理的だと思います。
11	這價錢已經是低到不能再低了。我們再也無法打折扣了。	これはもうぎりぎりのお値段です。これ以上の値引きは難しいです。
12	這個報價是我們公司底限，我們已經無法再調降價格了。非常抱歉。	このオファー価格は当社の最低金額です。これ以上の値下げは考えておりません。申し訳ありません。
13	非常抱歉，我們的折扣無法打到那麼低。敬請見諒！	申し訳ありませんが、そこまでの値引きには応じられません。どうかご了承下さい。
14	這項商品原本是無法降價的。但是我們可以考慮用8百日圓來提供給您。請您務必考慮看看。	元々値下げは考えていない商品です。しかし、800円くらいでのご提供なら応じられます。ぜひご検討下さい。

15	我們似乎條件方面無法談攏，那麼我們也只能說遺憾了！	条件面(じょうけんめん)での歩(あゆ)み寄(よ)りが無理(むり)のようですね。それでは当方(とうほう)も残念としか申し上げようがありません。

基本語句（答え合わせ）

4	大盛況(だいせいきょう)	盛況空前
7	バイオテクノロジー	生技
11	仕入(しい)れる、仕入(しい)れ価格(かかく)	採購、採購價
17	自画自賛(じがじさん)する	自吹自擂
18	相場(そうば)に詳(くわ)しい	熟知行情

MEMO

專欄16

口譯員的守密義務

除公開的會議、交流等場合外，許多涉及高度機密的會談，由於語言障礙，也不得不聘請口譯參與，因此守密也是口譯員最基本的職業道德。有些主辦單位會要求口譯員簽署守密切結書，而即便沒有書面約束，口譯員也不得任意外將工作中取得的機密資訊外洩。

單元 17　商展籌備
ユニット　17　見本市

✤✤✤✤

練習目的

口譯服務屬於會展產業之一環，據統計，2016年度台灣共舉辦了268場國際商展。會展的相關洽商、佈展、會場接待口譯都需要口譯協助。本單元重點在於：參展效益、價格及相關條件之詢問。未來無論擔任企業內口譯或是自由譯者，相關表達用詞、協商能力都需要加強。

場面説明

電子出版(でんししゅっぱん)関係のビジネスを経営している頼社長は、東京国際見本市(みほんいち)に出展(しゅってん)するため、国際電話で主催側(しゅさいがわ)の担当藤沢(ふじさわ)さんに問い合わせすることにしました。通訳の卵は電話でその手伝いをしました。

通訳の事前準備

1. クライアントが出展した見本市の情報を把握して、この業界の専門用語を前もって調べて、日本語と中国語を両方とも滑らかに話せるように練習しておきましょう。

2. 出展の申し込み方法や出展の準備、見本市での注意事項などについて調べておきましょう。

3. 会場内で行えるプロモーションの方法を考えてみてください。

基本語句

1	見本市（みほんいち）／エキスポ（EXPO）	商品展／大型展覽（博覽會）
2	______________________	書展
3	デジタルコミック	數位漫畫
4	ソリューション	解決方案
5	先端（せんたん）	尖端
6	B2B（to）／B2C（to）	B2B／B2C 業者對業者／業者對________
7	標準（ひょうじゅん）________	標準攤位
8	税別（ぜいべつ）	消費稅另計
9	売（う）り切（き）れ次第（しだい）	一賣完
10	島（しま）ブース	島型攤位（有較多面可接觸群衆，費用通常較高。）
11	________装備品（そうびひん）	選配品
12	________⇔セーラー	買家⇔賣家
13	ガイドブック	導覽手冊

基本文例

	原　文 (17-g01s~17-g14s)	訳文の一例 (17-g01t~17-g14t)
1	**賴**：不好意思，您在忙，還打擾您。我們想要參加電子書展，想先請教您這項展覽的一些概況。	**賴**：お忙しい中、申し訳ありません。電子出版EXPOに出展したいのですが、展示会の概要(がいよう)について教えていただけますか。
2	**藤沢**：お問い合わせありがとうございます。近年、電子書籍(しょせき)の市場が急速に拡大していて、その将来性に注目し、21年前、東京国際ブックフェアに合わせて当見本市(とうみほんいち)をスタートしました。	**藤沢**：感謝您來電洽詢。近年來電子書市場急速擴大，它的未來發展受到了矚目，所以我們在21年前配合東京國際書展，而開始舉辦這個商展。
3	**賴**：這樣子啊！本公司過去主要在發展電子書，也正在評估是否以後要開始提供數位漫畫、電子報等相關服務與解決方案。不知道是否適合參展？	**賴**：そうですか。当社は今までに電子書籍を中心に事業を展開してきましたが、今後デジタルコミック、デジタル新聞などの関連サービスとソリューションの提供も検討(けんとう)しています。展示会の主旨に合っているでしょうか。

4	**藤沢**：それは打って付けです。会場では電子出版に関する業務提携や技術相談などの交渉が行われ、また、世界最先端の電子出版技術が一堂に集結します。そのため、毎回開催するたびにテレビ、新聞などのマスコミに大々的に取り上げられています。	**藤沢**：那再好不過了。在展場內我們會舉行電子書相關業務合作還有技術諮詢等商談會，全球最頂尖的電子書技術也都會聚集在這個書展。因此每次展出時，電視報紙等媒體都會廣為報導。
5	**賴**：這樣子啊！好像很有趣。	**賴**：なるほど。面白そうですね。
6	**藤沢**：それに、当見本市に出展すればB2B マーケットの拡大につながるだけでなく、直接読者に宣伝するする絶好のチャンスにもなります。	**藤沢**：而且參加電子書展的話，不但能擴展BtoB的市場，也是一個直接對讀者宣傳的大好機會。
7	**藤沢**：特に昨年からは小中学校を対象に見学ツアーも開催しています。参加した生徒からは「楽しみながら本を知ることができた」「最新の電子書籍を見ることができてとても面白かった」などの声がありました。	**藤沢**：尤其去年起，我們也開始舉辦中小學生的參觀活動。來參觀的學生都表示「很好玩又能對書籍有進一步了解」、「能夠看到最新的電子書，很有趣」。

8	**賴**：那很棒哦！那麼方便請教您參展的費用嗎？	**賴**：それはいいですね。では、出展料金について教えていただけますか。
9	**藤沢**：標準(ひょうじゅん)タイプ、10平方メートルのブースの場合、税別(ぜいべつ)で40万円です。実は昨年までは45万円だったんですが、一社でも多くご出展いただくため、このように価格を変更いたしました。	**藤沢**：標準攤位是十平方公尺，消費稅另計的話是40萬日幣，相當台幣13萬多。其實到去年為止我們都收45萬日幣，相當於台幣15萬多。但我們希望有更多的廠商前來參展，因此特別調降價格。
10	**賴**：若要參展可以從網頁申請吧！請問開放申請到什麼時候？	**賴**：申し込みはインターネットからですよね。締切(しめきり)りはいつですか。
11	**藤沢**：お申し込み期間(きかん)は当社のホームページで案内しておりますが、ブースの数が売(う)り切(き)れ次第(しだい)終了(しゅうりょう)いたします。お早めにお手続(てつづ)きを済まされることをお勧めいたします。	**藤沢**：招商期間我們有寫在網路上，但攤位賣完就會結束申請。所以建議您儘早完成申請手續。
12	**賴**：其他還需要什麼花費嗎？	**賴**：ほかにどんな出費(しゅっぴ)が必要ですか。

13 **藤沢：**そうですね、ご希望であれば、島ブースやオプション装備品、バイヤーとの特別商談会などをご用意することもできます。詳細をご案内している出展ガイドブックを無料でお送りいたします。ホームページの「出展資料の請求」のところからお申し込みください。

藤沢：如果您需要的話，我們也有島型攤位、選配品、和買家的特別商談會等。我們可以提供免費的參展導覽手冊給您，您可以在網頁上「申請參展資料」的地方申請。

14 **賴**：好，我會去申請。您非常親切，謝謝您。

賴：はい、そうします。親切なご対応、どうもありがとうございました。

補足語句

1	商談スペース	商談區
2	カタログ／スペック	型錄／規格
3	アニメフェア	動漫展
4	ビジネスデー	business day
5	パブリックデー	public day
6	ゲームショー	電玩展
7	声優／着ぐるみ／アーティスト	聲優／人型玩偶／藝人
8	ブックフェア	國際書展
9	繁盛する	興隆
10	カフェ／喫茶	咖啡廳／茶飲
11	グルメ	美食
12	キッチン家電	廚房家電
13	ライフスタイル	生活樣式
14	振込む	匯款
15	入金	款項入帳
16	払い戻す	退款
17	ボリューム／音量	音量
18	ビラを配る	發傳單
19	台北国際コンピューター見本市	台北國際電腦展
20	ツーリズムEXPO	國際旅遊展

参考文例

	原　文 (17-r01s~17-r18s)	訳文の一例 (17-r01t~17-r18t)
1	よろしければ、名刺交換(めいしこうかん)をさせていただいてから、商談(しょうだん)スペースでご要望(ようぼう)などをお伺(うかが)いしましょう。	如果可以的話，我們先交換名片，然後在商談區聽聽看您的需求。
2	携帯電話でこちらのQRコードを読み込んでいただきますと、弊社の最新製品のカタログやスペックなどをご覧になることができます。	您用手機讀取一下這邊的QR code，就能看到本公司最新產品的型錄或規格等。
3	東京国際アニメフェアは、世界最大のアニメの祭典です。業界だけのビジネスデーでは、海外から多くのバイヤーが訪れ、ビジネスをするには最高のチャンスです。	東京國際動漫展是全球最大的動漫展。在只開放給業界的business day，會有許多來自海外的買家參加，是拓展商機最佳的機會。
4	東京ゲームショーはまず二日間のビジネスデーがあって、原則的にゲーム関係者と報道関係者しか入場できません。パブリックデーになると、大勢のファンがコスプレして来場し、会場が賑やかになります。	東京電玩展首先有兩天的business day，原則上只有電玩產業以及媒體相關人員才能進場。到了public day會有很多cosplay的粉絲來參觀，會場會熱鬧非凡。

5	また、一般に開放するパブリックデーでは、一般のお客様にアニメーションの楽しさを知ってもらうために、ブースやステージでイベントが行われます。声優、着ぐるみ、アーティスト等が参加するイベントが開催され、毎年大勢の人が訪れます。	另外，開放一般民衆參觀的public day，為了讓一般民衆知道動漫的樂趣，會舉辦攤位或舞台的活動，以及邀請聲優、人型玩偶、藝人等來參與活動，每年都吸引非常多的人潮。
6	東京ゲームショーは1996年に初めて開催されて以来、見学する人が年々増え続け、今では日本のゲーム業界とゲームファンにとって、年に一度の祭典となっています。	東京電玩展在1996年首屆召開以來，前來參觀的民衆逐年增加，現在已成為日本漫畫界與電玩粉絲的年度盛事。
7	ブックフェアでは国内外の出版社が出した新しい本や珍しい本など、ここでしか見ることのできない本がたくさん展示されています。	國際書展中展示了許多唯有到這裡才能看到的書籍，例如國內外出版社所出的新書或罕見的書籍。
8	第11回ラーメン産業展は、すべての年齢層に大人気のラーメンに関する、ビジネス情報とサービスが集結します。お店を始めたい方や、店を繁盛させたい方は、ぜひ訪れてください。	第11屆拉麵產業展，匯集了許多大受各個年齡層喜愛的拉麵相關商機與服務。想開店的民衆、想讓現有的商店更加興隆的老闆們，敬請務必前來參觀。

9	カフェ・喫茶産業展は、カフェや喫茶店に必要な食材や設備、サービスを紹介する専門展示会です。コーヒーと紅茶に関する情報が盛りだくさんです。	咖啡廳茶飲產業展專門介紹的是咖啡及茶飲店不可欠缺的食材、設備、服務。提供您豐富多元的咖啡與紅茶相關資訊。
10	第21回グルメ展は、農産物や畜産物、そしてキッチン家電やキッチン用品などが展示されます。新しい食材探しだけではなく、新しいライフスタイルを考えたい人にとっても、最高の展示会です。	第21屆美食展展出農產品、畜牧品、廚房家電及用品。您想找尋新的食材嗎？您想轉換新的生活樣式嗎？第21屆美食展提供您最佳的選擇。
11	ブースのお申し込みが確定した後、こちらからお振込みの期限をお知らせします。	確定申請攤位後，我們會通知您匯款期限。
12	期限を過ぎても入金の確認が取れない場合、お申し込みはキャンセルとなってしまいますので十分ご注意ください。	期限過後若無法確認匯款時，您的攤位申請會被取消，敬請留意。
13	一度お支払いをいただきました出展料は払い戻しいたしません。	參展費一旦支付概不退還。

14	展示スペースのみのご利用ですので、ブース内に必要な机、椅子などの備品は出展社ご自身で準備してください。必要であれば、関連の業者を紹介いたします。	本方案只提供展出空間，因此攤位中所需要的桌子、椅子等備品，請各參展商各自準備。如果您需要，我們可以介紹相關業者。
15	ブースの中でBGMなどの音楽を流す場合は、周りのブースに迷惑をかけない程度のボリュームでお願いいたします。	在攤位內播放背景音樂時，請注意音量不要影響到四周的其他攤位。
16	ビラ配りや自社商品のPR活動は、ご自身のブースに限りますので、ご協力ください。	發傳單、自家產品的宣傳推銷活動僅限於自己的攤位，敬請各位多加配合。
17	**Q**：数多くの出展社から弊社をアピールするにはどうすればいいでしょうか。 **A**：御社のロゴや新商品の資料を無料(むりょう)でイベントのSNSに掲載(けいさい)いたします。	**Q**：如何在衆多的參展企業中推銷我們公司呢？ **A**：我們可以免費在本會展的社群網站上刊發貴公司的社徽與新產品的資料。
18	本展示会では、通訳・バイリンガルスタッフ派遣(はけん)サービスをご提供しております。ご希望の場合、8月10日までに通訳スタッフ申込書をご記入(きにゅう)の上(うえ)、弊社までお申し込みください。	我們也可為您提供口譯員、雙語工作人員之派遣服務。如果您需要的話，請在八月十號以前，填好口譯工作人員申請書，向本公司申請。

基本語句（答え合わせ）

2	ブックフェア	書展
6	B2B／B2C（to／to）	B2B／B2C 業者對業者／業者對消費者
7	標準（ひょうじゅん）ブース	標準攤位
11	オプション装備品（そうびひん）	選配品
12	バイヤー⇔セーラー	買家⇔賣家

專欄17 ☆

口譯的訊息處理與語言學習

初學口譯時，除了基本要件的語言能力亟待加強，快速反應、筆記、分析理解、知識的強化等，各種課題接踵而至。在此要建議的是，語言的加強和口譯技巧中的訊息處理不可混為一談。語言學習需要細部仿效、猶如「見樹不見林」，而口譯的訊息處理必須忘掉載具—語言，也就是須「得魚忘筌」，以確實讓兩種不同目的的學習奏效。

單元 18　参觀工廠
ユニット 18　工場見学

✤✤✤✤

練習目的

國際貿易常需接待客戶到工廠參訪，本單元學習重點在於參訪流程介紹、參訪時注意事項宣導、特色商品與製程之介紹。口譯前須針對該工廠產品及流程及常見的導覽用語做好事前準備。

場面説明

台湾機械会社の鐘社長は日本の友人の福山さんからの誘いを受けて、通訳の卵と三人で日本にある「すごいロボット工場」へ見学に行きました。工場ではロボット伊奈が案内と解説をしてくれました。

通訳の事前準備

1．ロボットの機能を調べてください。

2．案内や解説でよく使われる言い方を考えてみてください。

3．工場内で見学するときの注意点を挙げてください。

基本語句

1	工場見学（こうじょうけんがく）／ファクトリーツアー	參觀工廠
2	曲（きょく）を披露（ひろう）する	表演曲子
3	演奏（えんそう）で張（は）り切（き）る	賣力演奏
4	メロディ／メロディー	旋律
5	特技（とくぎ）__________	具特殊才能／活用特殊才能
6	小柄（こがら）な人⇔大柄（おおがら）な人	體格嬌小的人⇔體格魁梧的人
7	腕立（うでた）て伏（ふ）せをする	伏地挺身
8	とんぼ返（がえ）りをする	翻跟斗
9	サーボモーター	伺服馬達
10	______________________________	控制
11	ジャンケンポン、あっちむいてホイ	剪刀石頭布，男生女生配（請你看那邊）。
12	コア技術	核心技術
13	セキュリティー	安全性、保全
14	ビデオカメラが______されている	內建攝影機
15	不審者（ふしんしゃ）がいる	______________________________
16	ライトで威嚇（いかく）する	以燈光嚇阻
17	犯罪（はんざい）を抑止（よくし）する	抑制犯罪
18	レスキューする／救助（きゅうじょ）する	搜救

19	機構	機構（機械的内部結構）
20	溶接やボディの塗装を行なう	進行焊接或車體烤漆
21	部品を取り付ける	安裝零件
22	________________	奈米。1奈米為10億分之1公尺。
23	腫瘍を摘出する	切除腫瘤

*「ジャンケンポン、あっちむいてほい」的玩法：一邊喊這句，一邊猜拳，猜拳輸的人將臉轉向上下左右之任一方，猜拳贏的人在猜拳輸者臉部前方以食指比上下左右之任一方，兩人同一方向時，猜拳贏者獲勝。

基本文例

	原　文（18-g01s~18-g14s）	訳文の一例（18-g01t~18-g14t）
1	皆様、ようこそ「すごいロボット工場」にお越しくださいました。私は案内係のロボット伊奈です。	歡迎各位蒞臨「真厲害機器人工場」。我是導覽機器人伊奈。
2	本日は、様々な機能をもついろいろなタイプのロボットをご紹介します。見学の途中で、ご質問がございましたら、いつでも遠慮なくお聞きください。	今天我要介紹具有各式功能的各類機器人。參觀途中，如果各位有問題，請隨時提出來。

3	まず、ロボットバンドが皆様を歓迎(かんげい)する曲(きょく)を披露(ひろう)いたします。演奏(えんそう)で張(は)り切(き)っていますね。メロディも素敵ですね。実は彼らの特技(とくぎ)はこれだけではありません。	首先由機器人樂團為各位帶來一首歡迎曲。機器人樂團十分賣力地演奏。旋律也很優美。其實他們的特殊才能不僅如此而已。
4	こちらのロボットは小柄(こがら)ですが、腕立(うでた)て伏(ふ)せやとんぼ返(がえ)りが上手ですよ。関節(かんせつ)がサーボモーターでよくコントロールされています。コントロールの部分は精巧(せいこう)なロボットを開発するためのコア技術の一つです。	這尊機器人雖然很嬌小，但它很會做伏地挺身和翻跟斗哦！它的關節由伺服馬達控制得很好。開發精巧機器人時控制是一項核心技術。
5	そして、こちらのロボットは「ジャンケンポン、あっちむいてホイ」が得意ですよ。お客様、挑戦してみてください。	而這尊機器人很會玩「剪刀石頭布，男生女生配」的遊戲哦！請這位來賓挑戰看看！
6	（鐘社長が挑戦して負けてしまった）なんとロボットの勝ちでした。このロボットはただの遊び相手ではありません。私たちの安全を守ってくれる良きパートナーでもありますよ。	（鐘老闆有挑戰但失敗了）竟然是機器人獲勝！這尊機器人不僅會跟我們玩遊戲，而且還是守護我們安全的好夥伴哦！

7	実は、これはセキュリティー用に開発されたロボットです。その大きな目にはビデオカメラが内蔵(ないぞう)されていて、不審者(ふしんしゃ)がいないかを監視(かんし)します。	其實這是開發做為保全用的機器人。它大大的眼睛裡建置了攝影機會監視是否有可疑人物。
8	不審者がいたら、音声(おんせい)で警告(けいこく)したり、ライトで威嚇(いかく)したりすることで、犯罪(はんざい)を抑止(よくし)することができます。	如果有可疑人物，就會用聲音警告或用燈光嚇阻來抑制犯罪。
9	人を助けてくれるのはこちらのレスキュー・ロボットです。台湾も日本と同様に地震などの自然災害(しぜんさいがい)が多いです。そのため、被災(ひさい)した人(ひと)を救助(きゅうじょ)するロボットの開発が重要です。	能救人的是這尊搜救機器人。台灣和日本一樣，有很多地震等天然災害。因此開發搜救災民的機器人相當重要。
10	今ご覧になっているロボットは瓦礫(がれき)の中を移動していますね。このロボットの中には動くための特殊(とくしゅ)な移動機構(いどうきこう)や、人間を発見(はっけん)するためのセンサーが内蔵(ないぞう)されています。ターゲットを見つけたらすぐに音で知らせてくれます。	現在各位看到的這尊機器人它正在瓦礫中移動。機器人裏面裝有特殊機械裝置，可以讓機器人移動，也有內建發現人類的感應器。一旦發現目標它會馬上發出聲音通知。

11	こちらは格闘（かくとう）ロボットです。センサーを通してまるで操作（そうさ）する人の分身（ぶんしん）のように動きます。お客様お二人それぞれがロボットを操作して、お互いに対戦（たいせん）してみてはいかがでしょうか。	這尊是格鬥機器人，透過感應器，能夠運作得像是操作者的分身一樣。兩位要不要各自操作機器人一起對打看看啊？
12	こちらは、工場の自動化システムには欠かせない産業用ロボットです。工場内で、床（ゆか）に貼（は）ってあるテープに沿って材料（ざいりょう）や部品（ぶひん）を運んだり降（お）ろしたりします。	這尊是工廠自動化系統不可欠缺的工業機器人。會沿著地面貼的磁帶在廠内搬運或卸下材料及零件。
13	産業用ロボットは製造の現場ではとてもよく活躍していますよ。例えば、自動車の生産工場では材料の溶接（ようせつ）やボディの塗装（とそう）を行なったり、部品（ぶひん）を取（と）り付（つ）けたりします。	工業機器人在製造現場十分派得上用場。例如在汽車工廠進行材料焊接、車體烤漆、安裝零件等。
14	また、医療用ロボットもどんどん開発されています。例えば、ナノロボットというサイズが非常に小さいロボットは、体の中に入って、腫瘍（しゅよう）などを摘出（てきしゅつ）することができます。	另外，醫療用機器人也不斷在開發當中。例如奈米機器人是非常小型的機器人，據說能夠進入患者體内切除腫瘤。

補足語句

1	広報室（こうほうしつ）	公關室
2	前後（ぜんご）ずらす	前後錯開
3	ヘルメットを被（かぶ）る	戴安全帽
4	瓶詰（びんづ）め／瓶掛（びんか）け／ラベル貼（は）り付（つ）けをする	裝瓶／裝蓋／貼標籤
5	生産（せいさん）ラインを設置（せっち）する	設置生產線
6	一貫（いっかん）生産体制（たいせい）を導入（どうにゅう）する	引進一條龍生產方式
7	炭酸（たんさん）ジュース	氣泡果汁
8	イオン／酸素（さんそ）／カルシウム	離子／氧／鈣
9	不純物（ふじゅんぶつ）を取（と）り除（のぞ）く	去除雜質
10	水とシロップを混（ま）ぜ合（あ）わせる	混合水和糖漿
11	炭酸（たんさん）ガス／二酸化炭素（にさんかたんそ）を注入（ちゅうにゅう）する	打入二氧化碳
12	工程（こうてい）／製造工程（せいぞうこうてい）／プロセス	製程
13	鋳型（いがた）	鑄模
14	中子（なかご）	砂心／型心
15	溶湯（ようとう）	液體金屬，工廠內簡稱鐵水
16	注湯（ちゅうとう）する	澆鑄
17	型（かた）ばらし	拆模
18	鋳物（いもの）	鑄件
19	鋳仕上（ちゅうしあ）げ	鑄件清理

参考文例

	原　文（18-r01s~18-r09s）	訳文の一例（18-r01t~18-r09t）
1	皆様、ようこそ丸美（まるみ）ドリンク工場にお越しくださいました。私は広報室長（こうほうしつちょう）の瀬戸（せと）と申します。よろしくお願いいたします。	歡迎各位蒞臨丸美飲品工廠。我是公關室室長，我姓瀨戶。請多指教。
2	今日の見学の流れについてご説明いたします。まずは5分間のビデオで当社が設立されてからの歴史と企業活動についてご紹介いたします。次に工場をご案内いたします。最後はまたこちらの会議室に戻り、座談会（ざだんかい）を行います。	我來說明今天參觀的流程。首先我們要用一段5分鐘的影片來介紹本公司成立後的歷史及演變。然後再帶各位參觀工廠，最後我們再回到這間會議室開座談會。
3	本日は人数（にんずう）が多いため、二（ふた）つのグループに分けて回っていただきます。見学のコースはまったく同じで、見ていただく順番が前後（ぜんご）するだけです。	今天人數較多，所以我們分兩組來參觀。參觀內容完全一樣，只是行程會錯開。

4	こちらは当社の製品を陳列した展示室です。創業当初の製品から一番新しい機種まで展示しております。こちらの部屋では写真を撮ってもかまいませんが、このあと工場に入りましたら、工場内での写真や撮影はご遠慮ください。	這間是陳列本公司產品的陳列室。這裡展示著本公司剛創立時的產品乃至於最近的機種。在陳列室照像沒有關係，但是等我們進入工廠後，請勿拍照或攝影。
5	これから工場に入ります。ヘルメットを被ってください。機械は危ないので、くれぐれも手を触れないでください。	接下來我們要進入工廠。請戴上安全帽。機械很危險，敬請不要觸摸。
6	当社は、新鮮な果物を搾ったジュースをはじめ、コーヒー、お茶など、各種飲み物を製造しています。瓶詰めから瓶掛け、ラベル貼り付けまで、すべて当社が開発した機械と生産ラインによる「一貫生産体制」で行っております。	本公司生產現搾新鮮水果的果汁以及咖啡、茶等各式飲料。裝瓶、裝蓋、貼標籤等一切都透過本公司所開發的機械及生產線，以一條龍的方式來進行生產。

7	炭酸ジュース用の最適な水を作るには、まずはイオンを使って、水の中に含まれている酸素やカルシウムなどの不純物を取り除きます。次にこの水とシロップを混ぜ合わせて、冷やしてから炭酸ガスを注入します。	要生產氣泡果汁最合適的水，首先用離子去除水中所含的氧、鈣等雜質。接下來將這些水與糖漿混合，冷卻後再打入二氧化碳。
8	自動化の導入により、人件費を削減でき、そして一定の品質を保つことができます。かつて人が作っていた時は、午前中は体力があって仮に1時間に100個を仕上げられるとしたら、午後になると疲れが出て1時間に80個に下がってしまいます。	因為我們引進自動化，所以能夠削減人事費用及維持一定品質。以前由員工製作時，上午有體力，假設1小時能完成一百件，到了下午開始累了，就降為1小時完成八十件。
9	本日の工場案内はこれで終了となります。皆様どうもお疲れ様でした。次は試飲コーナーで各種飲み物をお試しください。当社について何かご質問・ご意見がありましたら、後ほど座談会でぜひ伺いたいと思います。	今天參觀工廠到此結束。各位辛苦了。接下來請在試喝區試試各種飲品。各位對於本公司若有任何疑問或意見，希望我們能在稍後的座談會進行交流。

基本語句（答え合わせ）

5	特技（とくぎ）を持つ／～生かす	具特殊才能／活用特殊才能
10	コントロールする／制御（せいぎょ）する	控制
14	ビデオカメラが内蔵（ないぞう）されている	内建攝影機
15	不審者（ふしんしゃ）がいる	有可疑人物
22	ナノ	奈米。1奈米為10億分之1公尺。

專欄18 ☆

口譯員是「黑子（くろこ）」

中日口譯資深前輩——塚本慶一老師曾將口譯員譬喻為「黑子」（檢場），「黑子」是舞台上不可或缺的角色，卻不可搶了主角的鋒芒。任何口譯會場主軸在於雙方，口譯員不可擅自發言或答覆。當然，若是企業專屬口譯，往往其本身也是交流的核心人物，可配合公司內部職責適度主動發言，但若是受聘的自由譯者，本身只是雙方溝通的協助者，應避免喧賓奪主。

作者簡介

林雅芬

日本國立新潟大學現代社會文化研究科博士

現任：

現任國立臺中科技大學應用日語系、日本市場暨商務策略碩士班專任助理教授。亦進行逐步口譯、同步口譯、企業內部口譯課程規劃與培訓。

曾專任：

輔仁大學翻譯學研究所組員、楊承淑老師國科會專題研究計劃研究助理、博士後研究員。

*本書部分「通訳の事前準備」為國科會研究計畫「探究逐步口譯之事前準備方法」（NSC 101-2410-H-025 -027）成果之運用。

個人網站　http://www.interyf.net/yf/index.html

何月華

輔仁大學翻譯學研究所中日口筆譯碩士
（現改名為跨文化研究所翻譯學碩士班），
日本SIMUL口譯特別課程受訓。

現任：

目前為自由譯者，
並於輔仁大學、淡江大學、中國生產力中心（CPC）等
擔任口筆譯講師。

封面設計＆內文插圖：張均濃

國立臺中科技大學商業設計系在學生
一個鍾愛奇怪可愛事物的努力型女子。
活潑又搞怪的性格，喜歡能夠帶來樂趣的設計。

相關参考書籍與資料

1 塚本慶一(2003)『中国語通訳への道』大修館。

2 楊承淑、山田佳奈美(2004)《中日口譯入門教程》致良出版社。

3 蘇定東(2017)《中日逐步口譯入門教室 增修版》鴻儒堂出版社。

4 蘇定東(2010)《中日同步口譯入門教室》鴻儒堂出版社。

5 林雅芬 國科會研究計畫「探究逐步口譯之事前準備方法」（NSC 101-2410-H-025-027）成果報告書

6 林雅芬、何月華（2017）「大学通訳教材の開発実践について」『2017 年第11 回OPI 国際シンポジウム　台湾大会——双方向教育における教師と学生のあり方／雙向互動教学中教師與学生所扮演的角色』淡江大学日本語文学科出版。P.246-253。

7 中日文網路資料

8 口譯實務與教學經驗

謝詞

小栗山智小姐（亦為本書日文書名發想者）、今井佳代子小姐、小川昭三先生、黑島千代老師在本書發展與撰寫過程中提供相關協助。在此深表謝忱。

中日互譯捷徑

高寧　編著／孫蓮貴　審校／定價　300元

本書是以翻譯技巧為主的體系來編寫，在有限的時間內奠定翻譯基礎。精選衆多譯者的譯文，進行分析研究，解析某些譯文不盡人意之處讓學習者更能實際體會。

日漢翻譯技巧

靖立青　著／定價　300元

本書共分三大部份：第一部份為概論，是翻譯知識的總體概述；第二部份是翻譯各要領專題的論述以及與其密切配合的實踐材料和練習；第三部份為注釋和參考譯文，即實踐材料和練習的注釋與參考譯文。內容選材多而廣泛，翻譯技巧頗為豐富，具有實踐價值。

實用日語造句翻譯手冊

黃偉修　編著／定價　200元

分析句子是學習日語的消極方法；造句才是學習日語的積極方法。學習外文時，很多人常常受到母語的影響，寫出不自然、甚至不知所云的句子來。這是由於不熟悉外文的慣用表現的關係。本書所舉例句，力求簡明常用，以便舉一反三隨時可以應用。

國家圖書館出版品預行編目資料

日語口譯實況演練 / 何月華，林雅芬編著. --
初版. -- 臺北市 : 鴻儒堂，民107.08
面； 公分

ISBN 978-986-6230-36-3(平裝)

1.日語 2.口譯

803.1 107011583

日語口譯實況演練

通訳の卵　修業記

附雲端音檔，定價：400元

2018年（民107年） 8月初版一刷
2024年（民113年） 8月修訂一刷

編著：何月華・林雅芬
封面設計 內文插圖：張均濃
錄音：仁平美穗・常青
本田善彥・陳余寬
錄音監督：仁平正人

發行所：鴻儒堂出版社
發行人：黃成業
地址：台北市博愛路九號五樓之一
電話：02-2311-3823
傳真：02-2361-2334
郵政劃撥：01553001
E-mail：hjt903@ms25.hinet.net

法律顧問：蕭雄淋律師

本書凡有缺頁、倒裝者，請逕向本社調換

鴻儒堂出版社設有網頁，歡迎多加利用

網址：https://www.hjtbook.com.tw